braumüller

ELVIRA STEPPACHER

VON FALL ZU FALL

Ein Stundenheft

braumüller

Bibliografische Information der Deutschen Nationalbibliothek
Die Deutsche Nationalbibliothek verzeichnet diese Publikation in der Deutschen Nationalbibliografie; detaillierte bibliografische Daten sind im Internet über http://dnb.d-nb.de abrufbar.

1. Auflage 2022

Servitengasse 5, A-1090 Wien
www.braumueller.at

Foto Cover: Shutterstock © moosehenderson
Druck: FINIDR, s.r.o., Lípová 1965, 737 01 Český Těšín
ISBN 978-3-99200-319-8

***24. September** – 19 Grad. Sonnig, teils windig, teils stark bewölkt. Halb zwei bis halb drei.* Für wen die Netze wiegen? Vom Beifang berichten, dem Leerholen erzählen? Ich werde verschwinden, so viel ist sicher. Hundertachtundfünfzig Schritte vom Eingang Adalbertstraße bis zu meiner Bank auf Feld fünf. Ich muss mir eingestehen, dass es mehr werden könnten. Ich will es jetzt, genau sein. Am Ende hilft es. Vor Ewigkeiten hat der Lehrer mit der goldenen Brille erklärt: Wenn ihr mit eurer rechten Hand an der Wand bleibt, findet ihr aus jedem Irrgarten wieder raus. Es gibt Einschränkungen bei dieser Regel. Vielleicht wusste er es nicht besser. Seine Augen sehe ich vor mir, tief ruhten sie inmitten der Gläser, sein Name ist mir entfallen, die Klasse, die Mitschüler auch. Das Fach, Labyrinthkunde? Auf deutschen Friedhöfen stehen nie Tische, nur Bänke. Ich sitze und schaue. Schaue und warte. Warte und schreibe. Mein Notizbuch habe ich dabei. Der feste Karton erweist sich als nützlich. Ein dünner Überzug, dunkel wie das Tegument einer Winterknospe, ummantelt den Schnittkantenblock. Um die Seiten zu lösen, muss ich den Farbschnitt brechen. Eine leichte Biegung, etwas Spannung, schon platzt das erste Blatt heraus, andere flattern nach, Daumenkino, bilderlos. Auf dem Vorsatzpapier steht: *In case of loss, please return to.* Danach vier Linien und: *As a reward: $______.* Was sollen letzte Wochen wert sein? Wem soll ich sie anvertrauen? Fang doch einfach an mit dem Weg. Kurz und geradeaus.

1 Apotheke
2 Bäckereien
1 Friseur
1 Optiker
1 Schneiderei
1 Rechtsanwalt
1 Fahrradladen
1 Versicherung

25. September – *18 Grad. Sonnig. Halb zwei bis Viertel nach drei.* Mein Sichtfeld vorn: ein halbhoher Haselstrauch, zwei gewaltige Linden, links versetzt eine Buche, ein Feldahorn, übersäht mit Wulsten, dahinter zurückgesetzt eine Stieleiche und zwei weitere Ahorne. Rechts außen ein hochgewachsener, über den Weg reichender Baum mit langen Fiederblättern, wahrscheinlich eine Esche. Auf der Rasenfläche verstreute Gräber mit Inschriften, teils verwittert, teils verschwunden. Nur die Stele neben der Linde, ein abgeflachter Spitzpfeiler, mannshoch, schnörkellos in hellem Grau, verspricht lesbar zu werden, würde ich näher treten. Die Schrift klar, gerötelt fast, aber das kann täuschen von hier. Im Vordergrund zwei Hochgräber mit typischer Dreiteilung. Podest, Epitaph, Kreuz. Daneben ragt ein Befestigungsstumpf knapp aus dem Gras, ein Implantat ohne Aufbau, der Zahn der Zeit wurzelfaul. Hinter meiner Bank, in etwa zwei Meter Entfernung, ein Spitzahorn mit Doppelstamm, ein Zwiesel. Seine dicht belaubten Zweige erstrecken sich so ausladend, dass er mich bei leichtem Regen schützen kann. Wenn es noch regnet. Am Stamm der Sommerlinde zwei Kästen, der obere zum Nisten, der untere für Futter. Vorsichtig betrete ich die Rasenfläche, nehme inmitten von Toten Kurs auf den Baum. Mit einem Mal sehe ich es. Seine Farbe tarnt es auf der rauen Rinde gut. In einer schnellen Spirale kreist es den Stamm herab. Ich stocke, halte an, genau wie das Tier. Etwa einen halben Meter über dem Kasten verharrt es kopfüber. Die scharfen Krallen in die Borke gebohrt, zeigt sein buschiger Schwanz zur Baumkrone. Flach kauert es am Stamm wie ein zum Gerben gespanntes Fell, dann hebt es den Kopf. Blitzartig schnellt es in die Aufrechte, öffnet den Kasten, was ich eher höre als sehe, erkennt Leere, verschwindet nach oben in den Baum. Auf einem Ast in Sichtweite dehnt es seine Glieder. In Zeitlupe strafft das Eichhörnchen sein linkes Hinterbein, dazu reckt es seine Vorderpfote. Ob das geduckte Verharren gegen die Schwerkraft es angestrengt hat? Mich berührt diese Geste, arglos, wie sie ist. Das weiße Brustfell liegt offen, verletzlich. Hätte ich Pfeil und Bogen, könnte ich sein Herz treffen. So langsam ich kann, wende ich mich um. Jetzt erst, beim Abwenden, lese ich die Schrift auf dem Pfeiler neben mir. Einen ganzen Satz hat ein Steinmetz in den hellgrauen Stein gehauen, dann die Buchstaben rotbraun ausgemalt:

Hier ruht
ein
„Münchner Original"
August Gem̄ing
1837–1893

Wir sind gleich alt. Will wissen, wer August Gemming war, was ein Münchner Original meint.

2 Krähen auf dem Rasen in Feld fünf
3 Meisen im Strauch in Feld neun
1 Wespe auf der Bank in Feld sechs
1 Miniinsekt auf der Kladde
1 Eichhörnchen, dunkelbraun
1 Münchner Original, tot

26. September *– 18 Grad. Sonnig. Halb drei bis halb vier.* Die Friedhofsverwaltung informiert: Grillen, Picknicken, laute Musik, lärmende Aktivitäten und Alkohol sind verboten. Für Kindergeburtstage, Ball spielen, Slacklinen, Rad fahren, Hunde ausführen gebe es andere Orte. Klettern auf den Grabsteinen ist untersagt. Joggen auf den Wegen wird toleriert. Das Ausbreiten von Decken und das Verweilen auf den Rasenflächen ebenfalls, Sonnenbaden in unangemessener Kleidung nicht. Können Tanktops Tote reizen? Stille Betätigungen wie Schauen, Lesen, Zeichnen, Schreiben übergeht das Schild. Wer schreibt, stört. Mehr, als wenn ich Gymnastik machen würde. Das solle hier doch keine Schule werden, belehrt mich eine Frau verärgert, weil ich auf ihre Frage, was ich da schreibe, keine Antwort zu geben weiß. Vielleicht hätte ich eine Geschichte über Langzeitschäden erfinden sollen. Ich sei hier nur mit den Vorarbeiten befasst, nächste Woche kämen die Kollegen mit den Messgeräten und Werkzeugen. Hätte ich mir ausdenken können, fiel mir aber nicht ein. Die Worte der Frau begleiten mich auf dem Rückweg. Nur wenige Sätze bewahren ihren Wert über die Zeit. Kaum ein gesprochener reicht aus Kindertagen bis ans Jetzt. Solche, die einen stutzen wie Verbiss junge Triebe. Zwiesel können daraus entstehen, für Bruch und Befall bleibt die Gabel ein Einfallstor. Schmerzlich auch jene, die gar nicht dir gelten, doch auf immer den Wurzeln ihr Tasten verwehren. Meist treffen sie dich zu jung. *Ich bin aus meiner Bahn getreten und soll nicht wieder hinein.*

2 Krähen auf dem Rasen in Feld fünf
2 Eichhörnchen auf dem Boden in Feld zehn
1 Eichhörnchen in der Linde, Feld fünf
2 Jogger
1 Joggerin, Dehnübung an der Linde
1 Flugzeug, lärmend
5 Jogger, quatschend oder Musik hörend
1 Frau, motzend
1 selbst schuld

27. September – *22 Grad. Sonnig. Halb zwei bis halb drei.* Still vor der Stele auf einem mitgebrachten Klapphocker. Niemand nimmt Anstoß. Der Friedhof heute leerer als sonst. Das schöne Wetter treibt die Leute raus aus der Stadt, an die Seen oder ins Gebirge. Von den Freibädern dürfte nur das Schyrenbad noch geöffnet haben, gewöhnlich schließt es als letztes. Gab's da nicht unlängst ein Jubiläum? In einem dieser elend heißen Sommer letztes oder vorletztes Jahr? Nur Männer schwammen dort für lange Zeit. Bis die Faschisten kamen. Kurz vor dem Überfall auf Polen durften auch Frauen trainieren. Abhärten im kühlen Nass. Von wegen Gleichberechtigung. Eiskalt verbrämte Kriegsvorbereitung. *Stählung des Volkskörpers.* Keine sieben Jahre später Schluss mit lustig. Ein Junge war dieser Gemming, als das Männerbad eröffnet wurde. Im Internet wenig. Ein Tourismusblog erwähnt ihn als Lyriker und Spaßvogel. Knapp zwanzig Jahre in der Bayerischen Armee. Eine skurrile Wette scheint sich mit seinem Namen zu verbinden. Nackt habe er durch die Stadt reiten wollen, was wohl gelang. Eine auf den Leib gemalte Chevaulegers-Uniform, ein Bodypainting, schützte ihn. Macht ihn das zu einem Münchner Original? Das Schyrenbad. Daran müsste ich mich doch erinnern. Oder war es das Nordbad, keinen Kilometer von hier? Wahrscheinlich ein Zufallsfund, kurz gezoomt, schnell erfasst. Bad plus Jubiläum plus Nazis. Eine Monumentalschwimmhalle hatte Hitler gewollt, ein Bad mit Weltgeltung, und bekam ein Bezirksbädchen. Du fragst, was Erinnerung sei? Recyclingzeugs. Grobes Tuch mit verfilzten Knubbeln und Resten bunter Sprenkel. Von wegen Synthese. Der große Bottich Zeit. Aufgeweicht, ausgeschleudert, neu verpresst. Ein Bodenvlies für Lebensanstriche.

1 Jogger, verstöpselt
4 Passanten, eilig
1 Eichhörnchen im Ahorn, Feld sechs
3 Krähen, entfernt auf dem Rasen, Feld fünf
1 Schnecke auf einem Ahornblatt (Unterseite)
1 Dichtersoldat
1 Körper, unertüchtigt

28. September *– 18 Grad. Sonnig. Halb drei bis vier.* Die Liste der Tiere wächst. Wahrscheinlich halten sie mich jedes Mal für weniger bedrohlich. Haselmaus und Siebenschläfer werde ich nicht mehr sehen. Auf dem Schild steht, dass es sie hier gibt. Der Glis glis schlummert längst in einer Baumhöhle, nicht sieben, sondern acht Monate lang, die Haselmaus, nachtaktiv, bald im Winterschlaf. Stillsitzen geht heute nicht. Im Geviert Unruhe. Verkehrslärm, Rettungswagen, Flugzeuge, die Vögel reagieren darauf. Ihre Rufe erschallen anders als sonst. Ich wandere über die Wege, lande doch wieder vor seinem Grab. Gestern in Katalogen der Bibliotheken recherchiert. Wollte damit aufhören. Eigentlich. Nur noch lassen, nichts mehr veranlassen, komme, was kommt. Klappt nicht. Dieser Gemming schreibt so einiges. Gedichte, aber auch Humoresken, dazu, wie's aussieht, Lieder. Irgendeine *Composition* erscheint in der Liste. Außerdem zeichnet er, illustriert Titelblatt, Frontispiz und Vignetten, nicht nur bei seinem Debüt. *Poetische Verbrechen,* sein lyrischer Erstling, wurde bereits digitalisiert. Das Deckblatt zieren zwei Hasen, sie sitzen Seit an Seit unter dem Namen des Autors. Der rechte fixiert den Leser mit durchdringenden Augen, der linke kehrt ihm den Stummelschwanz zu. Zwei Symboltiere, Hasenfuß und Wachsamkeit, die soldatische Lebensversicherung. Märchenglaube, dass sie mit offenen Augen schlafen. Feldhasen dösen. Nur sehr kurz, maximal eine Minute am Tag. Sie sind kurzsichtig, nehmen aber geringste Bewegung wahr. Durch die Lage ihrer Augen haben sie einen nahezu vollständigen Rundumblick. Ohne Bau überall Feinde. Flach in eine Mulde, die Sasse, geduckt, wird ihr gestichelt gelbbraungraues Fell Gelände. Ein Vorteil dämmerungs- und nachtaktiver Tiere. Nur ihre Blume, die Lampe, leuchtet im Dunkeln. Auf der Flucht recken sie ihren Stummel in die Höhe. Ein Evolutionsbiologe vermutet, dass es ihr Überleben sichert. Fokussiert auf das Weiße, braucht das Auge des Verfolgers Zeit, um sich zu orientieren, falls er sein Ziel abrupt verliert. Bruchteile einer Sekunde nur, doch genug für ein Tier, das zwei Meter hohe Sätze macht, drei Meter weit springt, 80 Stundenkilometer schnell läuft. Ist der Haken geschlagen, präsentieren sie ihre Seitenansicht, reinste Umgebungsfarbe. Der Forscher experimentierte per Videospiel mit 24 menschlichen Probanden. Sie sollten einen digitalen Hasen jagen, dessen Fluchtbewegungen typische Bewegungsmuster zeigten. Hatte das Tier einen hellen, weißen Kreis, der die Lampe simulieren sollte, reagierten die Jäger verzögert, nachdem es einen Haken geschlagen hatte. Es fiel ihnen also paradoxerweise schwerer, den Tieren optisch zu folgen, als wenn sie nicht markiert waren. Einige Leser fanden das Design der Studie anfechtbar, andere die abgeleiteten Ergebnisse. Wieder andere beides. Menschenaugen entsprächen denen von Greifvögeln eben nicht. Nur, wie sonst das Experiment in freier Wildbahn durchführen? Schwer bis unmöglich, geeignete Modelle aufzutun. Solche

Versuchsanordnungen bald Standard, wahrscheinlich schneller, als wir ahnen. Virtualität schlägt Realität. Sie deutet unsere Welt, modelliert sie. Oder schlägt diese jener doch einen Haken? Andererseits, ist das, was wir für wirklich halten, nicht selbst nur Design eigener Mutmaßungen und Hypothesen? Unterwegs zum Friedhof Strauch mit weißen Büscheln entdeckt. Schneehelles Leuchten im Busch. Überrascht erkenne ich ein Angorakaninchen. Das flauschige Tier sitzt in seinem Stall, mümmelt Heu. Der Käfig Teil eines Freigeheges, die Tür steht offen. Seitlich, aus locker geschichteten Zweigen, ein Unterschlupf. Dort, versteckt, ein zweites Tier. Wie es aussieht, können sie beliebig wechseln. Ob sie in den kalten Monaten drinnen wohnen? Die Infos des Zoohandels zur artgerechten Haltung sind kurz, die des Tierschutzes lang. Definiere artgerecht. Verwende acht Seiten. Wer jede einzelne liest, legt mit den Augen eine Strecke von etwa zwanzig Metern zurück. Vielen Gekäfigten gewähren wir ein Leben lang weniger. Hasen sind Gruppentiere. Sie vereinsamen ohne Artgenossen. Der Hase an sich gilt als genügsam, als pflegeleichtes Anfängerhaustier. Über neunzig warten im Tierheim im Münchner Osten. Bald steht das Hochfest wieder vor der Tür. Zur Krippe her kommet, in Truderings Stall. Manchmal jedoch naht Rettung, geschehen Wunder, gewirkt von

Tierfreunden, wie jene, die ein Interview gaben. Sie holten zwei schwer vermittelbare, schon als wirklich alt geltende Katzen aus dem Heim. Ihre Namen: Püppi und Ingo. Als Ingo irgendwann starb, fuhr das Paar nicht mehr gemeinsam in Urlaub, einer musste ja bei Püppi bleiben, die auf ihre alten Tage halbblind, taub, schläfrig geworden war. Am liebsten ruhte sie auf dem Schoß oder auf der Brust von einem der beiden. Das Paar, so war zu lesen, hätte begonnen, Listen zu schreiben. Lauter Orte, die sie gemeinsam besuchen wollten, wenn auch Püppi gegangen sein wird. Warten auf eine vollendete Zukunft. Braucht es Zurückbleibende für ein glückliches Futur II?

3 Flugzeuge
4 Jogger
1 Frau mit Rad (genutzt wie ein Roller)
3 Passanten
2 Krähen, Feld acht
2 Tauben, Feld neun
1 Eichhörnchen, Feld fünf
2 Feldhasen
2 Angorakaninchen
1 Tausendsassa

29. September – *23 Grad. Sonnig. Halb eins bis Viertel nach zwei.* In den Wegen grüngelbe Kugeln. Etliche, wenn die Entfernung nicht täuscht. Klein wie der Pallino im Bocciaspiel, leuchten sie intensiv. Näher tretend staunen – es sind Früchte. In Feld fünf weitere. Ich blicke mich um, suche Kinder. Dann erst schaue ich nach oben. Versteckt in langen, gefiederten Blättern, die ich für das Laub einer Eschenart gehalten hatte, hängen sie schwer. Noch an keinem Tag zuvor waren sie mir aufgefallen. Floribunda, meine Pflanzen-App, definiert Scheinfrüchte von *Juglans nigra*, einer amerikanischen Schwarznuss, zu hundert Prozent. Prallgrün die einen, zeigen andere kleine Löcher, dazu dunkle Flecken und graubraune Belage. Ich sammle ein Dutzend auf, will sie zuhause beobachten. Eine Spaziergängerin fragt, warum ich die mitnähme und ob die essbar seien. Ich gebe mein Computerwissen weiter, gehe auf die erste Frage nicht ein. Was soll ich sagen, ich studiere Verfall? Die Früchte verströmen zitroniges Aroma. Wieder und wieder rieche ich daran, versuche, ihren Duft zu fassen. Die Grundnote beginnt frisch, fruchtig, irgendwann wird sie herb und geht streng ab, an dem Punkt, an dem mir die Luft ausgeht. Ich schätze, der Geruch schützt die Scheinfrucht vor Befall. Ihre narbige Oberfläche hält auf jeden Fall einiges ab. Auf dem Weg zurück sehe ich, dass Besucher die Früchte auf Grabsteinen ablegen. Ein jüdischer Brauch, Kieselsteinen vorbehalten. Gedenken hält Verstorbene lebendig. Anders als Christen, die Grabstätten mehrfach belegen, bewahren Juden und Muslime ihren Toten einen festen Begräbnisplatz. Das Grab gewährt Dauerwohnstatt. Juden nennen ihre Friedhöfe daher auch *beit olam*, Haus der Ewigkeit, oder *beit hachaim*, Haus des Lebens. Zuhause beherrschen die Kugeln den Raum, ohne dass ich wüsste, warum. Mal vermute ich ihre runde Form, dann ihre grüngelbe Farbe, die scheckig braunen Flecken, die teilweise wie Stäube aussehen, die vollendete Art, sich zu gruppieren. Ich weiß, dass jede eine fast schwarze Nuss enthält, noch ist sie unsichtbar. Auswildern werde ich sie, wenn die Zeit dazu reif ist. Bis zu fünfzig Meter hohe Stämme können daraus wachsen, tiefe Pfahlwurzeln schlagen. Mein Entschluss steht fest, mein Plan jetzt auch. Die Schwarznuss schauen. Erleben, was sich auswächst. In einem kann alles sein. Sterben in nuce. Wieder in digitalisierten Büchern gestöbert. Mit Lyrik wagt er den Schritt. Siebenunddreißig ist er, als er *Poetische Verbrechen* publiziert, 1874. Was für ein Titel! Die Erstausgabe enthält 83 Gedichte, die zweite, wenn ich richtig zähle, 105, die fünfte Auflage 145 plus Prosa. Der Autor gewinnt Schreiblust. Kämpft mit Bleistift und Feder statt Säbel und Gewehr. Was mag ihn zum Militär gebracht haben, die Hoffnung auf ein Auskommen im Alter? In dem Gedicht *Der Pensionist* rät ein Vater seinem Sohn zur Versorgungssicherheit: *Fällst Du nicht im Schlachtgetümmel, / Mit der Waffe in der Hand – / wirst halbtodt Du nur geschossen, / Sorgt für dich das Vaterland.* Für den *braven Bruder* erfüllt sich die Hoffnung nicht. Gemming widmet seinem Andenken ein Gedicht. Wie es aussieht, stirbt der Ältere in Balan, nahe Sedan, im Deutsch-Französischen Krieg. Theodors Pension stirbt damit auch. So was steht nicht im Blog.

2 Krähen, Feld fünf
37 Scheinfrüchte Feld fünf, Feld neun, Feld zehn
12 Scheinfrüchte für die eigene Wohnung
1 Passantin, eilig
7 Spaziergänger, geruhsam
3 Mütter mit Kinderwägen, zwei im Gespräch
1 Mann mit Fahrrad, darauf Habseligkeiten
83 *Poetische Verbrechen* in vier Sektionen
1 Dichtersoldat, Feld fünf
1 toter Bruder, *Feld der Ehre*

30. September – *18 Grad. Sonnig. Halb zehn bis Viertel nach eins.* Tiefblau spannt sich der Morgen. Die Sonne hat Kraft. Als ich sie ostwärts zwischen den Ästen suche und meinen Kopf in ihre Richtung drehe, trifft mich ihr Gleißen direkt in die Augen. Geblendet, halbblind ziehe ich den Kopf aus ihrem Strahl, ändere meine Position, damit die Schwärze, die meine Netzhaut umnachtet, wieder von ihr ablässt. Dann, aus dunkelkammerblauer Tiefe, lösen sich erste Umrisse, Konturen, schemenhaft noch, fassen zögernd Gestalt. Allmählich erkenne ich Blätter, gelappt und gezackt, die Formen von Ahorn stechen mir ins Auge. Hell und diffus streut Licht ins Laub, es flammt von Finger zu Finger, entzündet längs der Adern ein loderndes Gelb, dupliziert Kontur um Kontur, ist Blatt im Blatt, wodurch die Ränder umso grüner wirken. Leicht, an langen Stielen baumeln die Ahornhände im Wind. Sie winken, rauschen vor klarstem Azur. Der Wind geht nun stärker, die wippenden Blätter überlappen sich. Wo die Fiederblätter der Schwarznuss und die Herzen der Linde sich ins Ahornlaub schieben, werfen sie fremde Schatten. Das Blattwerk, dreidimensional, im Facettenschliff. Ich sehe Amethyste, Turmaline, Peridots, Topase, Smaragde, die funkelnd auf und ab hüpfen. Kühn tanzen sie über dem blaugespannten Satin, hinausgeschleudert wie Juwelen aus einer weit geöffneten Schatulle. Unwillkürlich recke ich mich nach oben, möchte mit, will etwas fangen von dem glänzenden Schatz, mit nach Hause nehmen und bewahren für immer. Im Tiefsten weiß ich, dass ich loslassen muss, bald.

1 äolisches Rauschen

1. Oktober – *24 Grad. Sonnig. Halb drei bis Viertel vor fünf.* Floribunda hilft mir bei Bäumen und Sträuchern, die ich nicht kenne. Es sind die meisten. Knapp fünftausend in Deutschland wild wachsende Pflanzen kann sie klassifizieren. Morphologie kaum noch in der Schule gelernt. Weder in Sachkunde noch in Biologie stand Schauen hoch im Kurs. Die Lehrer überließen das den sonntäglichen Spaziergängen der Familie. Wir spazierten nie, ich streunte im Leseland. Mit Floribunda geht's einfach. Man tippt auf ‚Pflanze erkennen', wählt zwischen Wildblume, Strauch, Baum, Gras oder Farn, fotografiert die Oberseite einer Blüte oder eines Blattes, fertig. Sekundenschnell identifiziert die App das Foto, bietet einen zur Gattung passenden Steckbrief an. Meist Wikipedia. Das könnte ich auch selbst finden, vorausgesetzt ich wüsste, wonach ich suchen müsste. Bei unklaren Befunden bittet mich das Programm, mehr Informationen hinzuzufügen, Bilder von Rinde, Frucht, Wuchsform zum Beispiel. Mir ist unklar, ab wann das Ergebnis als eindeutig gilt. Auch dies vermutlich eine Vorgabe der App-Entwickler. Wie viel Prozent brauche ich, um einer Sache sicher zu sein, einundfünfzig, siebzig, achtzig Prozent? Manchmal weiß ich etwas intuitiv, obwohl ich über wenig Faktenwissen verfüge. Jedes Mal überrascht mich, wie gut eine Abfrage funktioniert. Wenn ich mit dem vorgeschlagenen Steckbrief nicht einverstanden bin, kann ich einen Expertenrat einholen. Frage mich, ob der noch von Menschen kommt. Floribunda funktioniert mit KI, mit Künstlicher Intelligenz. Nach allem, was ich dazu gelesen habe, zerlegt sie meine Fotos in Datenpunkte und vergleicht sie mit denen, die sie zuvor schon eingelesen hat. Was sie aber nur kann, weil sie darauf trainiert wurde. Millionen von Fotos musste sie in Raster zerlegen, um ein Konzept wie ‚Blütenblatt' überhaupt erfassen zu können. Hinter jedem Pixel steht letztlich nichts als eine Zahl, ein Rechenwert. Einmal angelegt, arbeitet eine solche Bilderkennung unfassbar schnell. Braucht höchstens tausend Bilder, wenn es um Spezifizierungen, wie ‚Lindenblütenblatt' geht. Wenn Floribunda ein Dutzend Fotos von Sommerlinden gesehen hat und noch mal ein Dutzend, auf denen

Winterlinden abgebildet sind, findet sie die Unterschiede von allein. Sie organisiert ihre Kriterien autonom. Ihr Lernen oft genug Black Box. Es gab Fälle, in denen hielt eine KI die Helligkeit eines Objektes für relevant. Zufällig zeigten alle Trainingsdaten Schönwetteraufnahmen. Die Künstliche Intelligenz fand diese Korrelation wichtig. Datensätze ohne Sonne schloss sie aus, obwohl das gesuchte Objekt darauf vorhanden war. Die Technologie hat Wahrscheinlichkeiten berechnet und schuf Kategorien für eine Welt ohne Regen. Dabei hat sie gar keine Ahnung von Welt, von unserer Wirklichkeit. Irreführend, oder etwa nicht? Vielleicht sogar gefährlich, und doch auf eine Art schlüssig, unserer Urteilsfindung recht gut nachgebildet. Wird intelligentes Verhalten also lediglich simuliert? Ist unser eigenes Lernen wirklich grundsätzlich anders? Oder ist uns nur nicht bewusst, dass wir auch mit Datenpunkten hantieren, Kriterien vergleichen, Schnittmengen bilden, Wahrscheinlichkeiten ansetzen? Durchgängig logisch entwickelt sich unser Begreifen jedenfalls nicht. Am wenigsten als Sprache. Beileidsschreiben senden wir an ein Trauerhaus. Bevor dort jemand starb, war es dennoch kein Freudenhaus. KI erkennt solche Muster. Je mehr Daten zur Verfügung stehen, desto besser. Aus den Mustern trifft sie Vorhersagen. Riesige Datenmengen verarbeitet sie präzise. Mithilfe von Algorithmen.

Das sind Softwareprogramme, die Handlungsanweisungen geben. Schritt eins, tue dies, Schritt zwei, tue das, bis die Aufgabe gelöst wurde. Algorithmen sind wie Kochrezepte. Wenn Größe a, Form b, Farbe c, Standort d, dann Ergebnis x. Wer Floribunda verwendet, ist Lehrkraft und Schüler zugleich. Mit meiner Anfrage informiere ich nicht nur mich, sondern auch die KI. Irgendwie komisch, dass Künstliche Intelligenz ausgerechnet bei der Hermeneutik Anleihen macht. Soll ich den Vorschlag der App bestätigen, beschleicht mich ein ungutes Gefühl. Mir ist, ich wisse zu wenig, um das, was ich fotografiert habe, mit dem Steckbrief zu verifizieren. Falsch könnte ich liegen, einen Zirkelschluss begehen, weil mir Unterschiede nicht ersichtlich sind. Ich könnte etwas für identisch erklären, das nicht identisch ist. Vorgestern habe ich einen Vorschlag verworfen. Floribunda identifizierte eine Schwarznuss. Warum sollen unter der einen lauter Scheinfrüchte liegen, unter der anderen keine einzige? Handelt es sich um Unterschiede der weiblichen und männlichen Art? Walnüsse sind doch einhäusig, männliche und weibliche Blüten nebeneinander vorhanden. Außerdem hatte dieser Baum mehrere Stämme. Ich insistierte, machte neue Fotos, versuchte sie zu laden, aber das System stürzte ab. Heute erkennt es zu achtundneunzig Prozent eine Kaukasische Flügelnuss, zeigt mir deren Früchte im Bild. Bis zu

45 Zentimeter lange Stände mit je drei kleinen, halbkreisförmigen Flügeln. Inzwischen bräunlich verwaschen, hängen sie am Baum wie vergessenes Lametta. Jetzt liegt Floribunda wahrscheinlich richtig. Falsche Identifikationen können tödlich sein. In Tempe, im Bundesstaat Arizona, überfuhr ein selbstfahrendes Taxi Elaine Marie Herzberg. Weil sie dunkle Kleidung trug und ihr Fahrrad im Dunkeln schob, wurde sie nicht als Fußgängerin interpretiert. Jedenfalls nicht als Fußgängerin, die die Fahrbahn kreuzen würde. Für Fälle wie diese saß eine Back-up-Fahrerin, Rafaela Vasquez, im Wagen. Fälle, in denen menschliche Intelligenz besser als künstliche urteilt. Hätte Rafaela auf die Straße geschaut, würde Elaine Marie noch leben. Ihr Unfalltod geht in die Geschichte ein. Welche Inschrift wird die Zeit diesem tragischen Tod verleihen? Hier ruht Elaine Marie Herzberg, Opfer technischer Fehlfunktion oder Opfer menschlichen Fehlverhaltens?

2 Krähen
2 Schnecken
1 Käferchen schwarz-weiß
3 Jogger
2 Paare mit Kinderwagen
4 Spaziergänger
1 Krankenwagen mit Martinshorn

2. Oktober – *12 Grad. Teils bewölkt. Halb zwölf bis halb eins.* Ich schaue jetzt anders. Die Wege im Alten Nördlichen verlaufen im Neunzig-Grad-Winkel. Insgesamt zerteilen sie das etwas mehr als vier Hektar große Geviert in sechzehn Flächen. Ein rechteckiger, gradlinig angelegter Friedhof, Typ Camposanto. Zwei diagonale Fußwege führen schräg vom Haupteingang zu den Seiteneingängen, nachträglich entstandene, eilige Route für Passanten. Solche, die sich hastig bewegen, denen ihr Ziel draußen wichtiger ist als ihr Weg hier im Heiligen Feld. Wo sich die Achsen der Hauptwege schneiden, erhebt sich ein graphitgraues Kreuz auf einem Podest. Material: Gusseisen. Der Stoff aus Gemmings Zeit. Ingenieure, Konstrukteure, Physiker und Chemiker liegen neben hohen Beamten und Militärs. Männlicher Technikstolz überall. Eine Grabplatte mit U-Boot in fußläufiger Nachbarschaft. Der Zeitgeist siegt gusseisern. Traditionen schmilzt er bei 1150 Grad, treibt gewohntem Alltag seinen ärgsten Schweiß aus: Mit Bratpfannen, Plättgeräten, Bügeleisen. Aufzügen, Wendeltreppen, Balkonen. Mit Getrieben, Lokomotivrädern, Schienen. Mit Brücken, Säulen, Kanaldeckeln. Die fehlende Spanbarkeit verlangt Abstriche, immerhin Kreuze und Postamente fabrizieren sich nun en gros. Dazu Hohlgalvanisierung, erfunden im Geburtsjahr des Dichtersoldaten. Allerorten Engel und Christusse, dünn beschichtet statt massiv. Die Moderne entdeckt den Friedhof als Marktplatz, Sterben wird industrialisiert. Aus dem Glockenstuhl von St. Joseph tönen sechzehn Schläge in zwei Farben. Bronzen weht das Geläut heran. Der Anzeiger hell, der Uhrschlag dunkel. Gediegen klingen die vier plus zwölf, ein vertrauter Ton aus Kinderzeit. Die Glocke der Dorfkirche erlöste unsere Klasse, in der Strenge und Unruhe sich immer neu einpendeln mussten. Sie warnte vor dem fast zeitgleich einsetzenden Alarm der Schulglocke, die unverhofft losschrie und erst nach einer Ewigkeit verebbte. Ihr Schrillen entfachte Gejohle, Gerangel. Zurück blieb ein erschöpfter Raum, in dem ein schlaffer Turnbeutel, eine müde Jacke verwaist über Stühlen hingen. Doch zwischen diesem bronzenen Hin und Her bewahrte sich eine Schwerelosigkeit, die niemandem zu gehören schien. Ein Hiat, den ich weder dem vergangenen noch dem entstehenden Schwung des Schlegels ganz zuzurechnen wusste. Vielleicht eine unbewusste Ahnung der Leichtigkeit des ausgesetzten Seins. Vielleicht meine erste Erfahrung mit Nirgendnichts. Gemmings Werke im Original gesichtet. Die Ausgaben sind winzig. Viel kleiner als der Bildschirm glauben macht, leicht wie Bierdeckel, vom Umfang kaum dicker als Wellpappe.

Das vergilbte Papier riecht staubig, einige Seiten sind lose. Ein riesiger schneeweißer Leihzettel mit Barcode steckt straff zwischen den Buchdeckeln. An gebrechliche Hunde muss ich denken, solche, deren Hals in einem weißen Trichter steckt. Der *Platzstabs-Offizier* ist so fragil, dass er in einer eigenen Mappe ausgegeben wird. Auf dem Vorsatz des Büchleins händische Vermerke von Bibliothekaren. Mich wundert das kleine Kreuz, das irgendjemand zu Gemmings Todesjahr gesetzt hat. Vier Bleistiftpunkte begrenzen die Kreuzenden. Hat das was zu bedeuten? Offenkundig war es jemandem wichtig. Macht eine 8-Zoll-Diskette einst genauso empfinden wie heute ein altersschwaches Duodez-Bändchen? Wer mag die verschiedenen Fassungen von Dokumenten künftig sichern, Archivare, Avatare? In dem Buch *Ha, welche Lust, Soldat zu sein!* gibt sich das Ich als Pensionist zu erkennen, der mit dem Namen Gemming unterzeichnet. *Treu* und *wahr* möchte er erzählen, vom Eintritt in die Armee bis zu seiner Pensionierung, *Freud* und *Leid* gleichermaßen erinnern. Obgleich Autobiografisches verarbeitet scheint, bleibt das Ich Literatur. Gemming ist eben nicht gleich Gemming. Schon der *bläulicht-kräuselnde Rauch*, der den Sinnierenden beim Erinnern umnebelt, lässt Zweifel an der Klarheit der *durchwebten Bilder* aufkommen. Erinnerung ist trügerisch. Diesmal 1866, das

Königreich Preußen kämpft gegen Österreich und den Deutschen Bund. Der Zigarrenschmöker sagt, er sei dabei gewesen. Doch wo bleiben die Feldzüge zwischen den Paraden, wo zwischen Kasernenspäßen der kriegerische Ernst? Von den blutigen Treffen und Gefechten bei Cella, Hammelburg, Helmstadt, Roßbrunn keine Einlassungen. Erstaunlich eng dieser Erzählkosmos, ganz im Kreis des Kompanie-Alltags. Mein lieber Dichtersoldat, falsche Identifikationen können tödlich sein. Vage Erinnerungen an Fontanes Kriegstagebücher. Schrecken in Prosa, plastisch, aber bitte nicht abstoßend. Irgendwo zwischen Idealismus und Realismus. Darf, kann ein Feldtagebuch schön sein wollen, ein Krieg sittlich? Und doch, selbst Feindpropaganda bei F. mehr Fleisch:

> *Bei Nacht habe man die Toten begraben, worüber es zwei Lesarten gab. Nach der einen hatten die Dragoner die Leichen hineingelegt, zugeschüttet und waren dann darauf herumgeritten, um die Stelle wieder eben zu zumachen; nach der andern Version hatte man Grab bei Grab im Holze gegraben, dann war ein Bauernwagen requirieret, dem Bauer die Augen verbunden und der Wagen mit den Toten beladen worden; so sei man ins Holz hineingegangen, bis alle Leichen ihr Grab gefunden hätten.*

Wie heißen G.s andere Titel noch gleich? *Von der Etappe* und *Scherz und Ernst*. Versuche sie antiquarisch zu erstehen, *Etappe* nur Fernleihe, *Scherz und Ernst* eins, zwei, meins. Ein winziges Büchlein, um die sechzig Seiten. 1888 in Lenggries publiziert, im Selbstverlag des Verfassers. Lange werde ich es nicht besitzen.

2 Krähen, Feld vier
2 Tauben, Feld dreizehn
1 Frau mit E-Zigarette auf der Bank vor Feld neun
4 Passanten
3 Jogger
21 Glockenschläge
1 Presslufthammer

3. Oktober *– 12 Grad. Sonnig, teils bewölkt. Halb vier bis halb fünf.* Tag der Deutschen Einheit. Die noch volle Krone des Ahorns wölbt sich über mir. Nach vorne teilt sie ihren Raum mit Ästen der Linde, von rechts schieben sich ihr sacht die Zweige der Schwarznuss entgegen. Gemeinsames Tasten in fremdem Terrain. Zum Jahrestag Einheitsrituale. *Mut verbindet. Zwei feindliche Armeen friedlich verschmolzen. Aus Gegnern werden*

Freunde. Verwachsene Geschichte auch hier im Gelände. Einige nennen ihn Militärfriedhof, weil so viele Soldaten, Offiziere, Majore und Generäle beerdigt sind. Bei Mittellosen sorgt die Armee für Holzkreuz und Blechschild, verzichtet auf Grabgebühren. Nur Militärs sollten Waffenbrüder bestatten. Als Gemming stirbt, ist der Kameradendienst passé, unvereinbar mit soldatischem Feingefühl, jedenfalls in der Garnisonsstadt. Seitdem rücken Totengräber ran. Vierzig schäbige Kreuzer pro Loch, die Grube eines zivil Verarmten brachte immerhin einen Gulden. Alle Wunden im Gelände Kriegsschäden. Meistenteils Fliegerbomben, Brände erledigen den Rest. Arkadengrüfte eingestürzt, Gräber ausradiert, Aussegnungshalle, Wirtschaftsgebäude, Mauerstücke und Zäune beschädigt, später abgetragen. Nur ein Zehntel aller Grabstätten sind erhalten, steht auf einem Schild. Ich erahne, wie dicht die Steine gestanden haben müssen. Im Gegensatz zur Enge der Grabreihen scheinen die meisten Bäume und Sträucher überraschend luftig gesetzt. Freie Kronen, die sich nun erst zu überlappen beginnen. Zögernd, gemächlich, nach mehr als hundertfünfzig Jahren. Verdankt sich diese Weitsicht dem Genius Loci? Vermutlich nicht, eher eine Folge des Krieges. Ob er sich in den Jahresringen abbildet? Die schrundigen Rinden bewahren, scheint mir, alles. Eine

Infosäule zeigt einen Ausschnitt des getroffenen Quartiers. Im Hintergrund St. Joseph nach der Bombardierung. Davor eine Grabplastik, eine Frauengruppe. Vielleicht Jesu Mutter und Maria von Magdala, vielleicht eine Allegorie. Die Figuren stehen auf dem äußersten linken Teil des dreigeschweiften Podestes. Ob sich in der Mitte ein Hochkreuz befunden hat? Was immer das Zentrum einst beanspruchte, sein Verlust schafft Raum für neue Inhalte. Auch Leere trägt, deutet. Mir ist, als bündele die Lücke meinen Blick, als zwinge sie mich, das Nichts zu schauen, um dann auf Trümmern und Schutt zu wandern. Die Lücke verändert die Perspektive. Näher als möglich zoomt sie das zerbombte Kirchenschiff samt zerborstenem Turm heran. Die Szene fesselt meinen Blick. Spontan versuche ich den Punkt zu finden, von dem die Aufnahme gemacht sein dürfte. Schließlich stehe ich davor. Die Figurengruppe ist groß, aber weit weniger monumental, als ich erwartet hatte. Jetzt, da ich sie sehe, nenne ich die tröstende Frauengestalt auf der rechten Seite Hoffnung, die eingebrochene auf der linken Trauer. Anders als auf dem Foto stehen beide heute mittig auf dem Sockel. Halbhoch überragen sie eine Mauer, die abweichend von der übrigen Vierung nicht aus naturbelassen Ziegelsteinen besteht, sondern weiß verputzt worden ist. Dadurch hat sich jeder Durchblick geschlossen. Die Katastrophe, das ganze Ausmaß der Vernichtung, zugemauert. Indem die Gruppe buchstäblich mit dem Rücken vor einer Wand steht, hat sie ihre Bestimmung verloren. Kirche und Vorplatz gehen sie nichts mehr an. Als könnten so der Frevel ignoriert, die Aussicht dank Tünche wieder unschuldig werden. Plötzlich fährt mir etwas in den Sinn. Was, wenn die beiden jene namenlosen Engel aus dem Buch Mose sind? Zwei Lichtwesen, die mehr als den eigenen Tod Ungerechtigkeit fürchten. Um den einen Gerechten, Lot, zu befreien, machen sie sich auf in die Stadt des Verderbens. Als Männer treten sie ein, warnen ihn vor der drohenden Gefahr. Überstürzt, in aller Herrgottsfrüh, ergreifen sie mit Lot und den Seinen die Flucht. Hand in Hand rennen sie bis vor die Tore der Stadt. Am Mittag regnet es schon Pech und Schwefel. Ich sehe die Ungeflügelten am Ende ihrer Mission, genau dort, wo sie die Familie an Gott zurückreichen. Bitte schön, GOTT, kannst sie gerne wieder haben. Lot und seine Kinder – der traurige Rest vom Test. Das Abwenden der Engel läutet den Wendepunkt ein, gibt ihnen die Stärke, sich aufzurichten, erneut *Geistwesen* zu sein. Jetzt schauen sie auf das, was im Entstehen begriffen, nicht das, was vernichtet ist. Doch was immer jenes Neue sein könnte, für mich bleibt es ungreifbar.

2 Krähen
6 Passanten
5 Spaziergänger
1 Jugendlicher, telefonierend, Feld drei
Mehrere Kinderstimmen vom Spielplatz vor den verbliebenen Grüften

4. Oktober – *13 Grad. Diesig. Halb elf bis zwölf.* Sitze auf meiner Bank gegenüber von Feld fünf, als ein getigertes Windspiel hochbeinig auf mich zutrabt. Hunde sind hier verboten, denke ich empört auf der Suche nach der Begleitung des edlen Tieres. Da erkenne ich, dass ihm mein Engel der Finsternis folgt. Vor meiner Bank bleibt er stehen. Ich sehe seine bestickten Pantoffeln, sein golddurchwebtes nachtblaues Gewand, seine schwarz gefiederten Flügel, sein dunkel glänzendes Haar. Zaghaft erhebe ich mich, wage nicht, ihn anzuschauen. Fest seine Stimme. Er sei gekommen, mir meine Aufgabe zu geben. Viel Zeit bleibe nicht. Ich solle beginnen, einen *Vorzüglich illustrierten Atlas aller Sterbe- und Todesarten* zu erstellen. Mein Blut gefriert, doch sämtliche Versuche, mich von dieser Beauftragung entbinden zu lassen, scheitern. Ich gestehe, was der Bote schon weiß. Dass ich nirgends bestehen könne, keinerlei geologisches Wissen habe, weniger als oberflächlich mit den Kulturen der Völker vertraut sei. Der Engel schweigt zu all dem, wiederholt seine Worte: Er sei gekommen, mir meine Aufgabe zu zeigen. Im Innersten erstarrt, mein umfassendes Scheitern vorherbestimmt, schaue ich auf den Boden. Meine Schultern gesenkt, die Arme schwer. Da nimmt der Engel meine Hände und drückt meine schlaffen Finger auf seine Augäpfel. Mein Blick folgt zögernd, richtet sich auf an dem Boten des Dunklen. Als wären meine Handflächen Bildschirme, zeichnet sich genau in ihrem Innern der geforderte Atlas ab. Wie von selbst blättern sich seine Landkarten auf. Dreidimensionale Reiche für Tote entdecken sich mir, für Untote, Todgeweihte, Gehende, Wartende, Schlafende. An fremden und an vertrauten Orten finden sie sich, hier und im Universum. Wo immer sie vorgestellt und aufbewahrt werden, in Realität, Mythos und Schrift, seit Menschengedenken. Die Farben, Schraffen oder Sigeln, die in Atlanten üblich sind, übernehmen neue Funktionen. Zu Höhenschichten, Vegetation, Bodennutzung, Bebauung machen sie keine Angaben. Wer sie lesen kann, erhält Auskünfte über die Zahl der Verstorbenen, die Art der Grabstätten, die Abläufe der Kulte, die Dauer der Aufbahrung sowie die gesamte Praxis der Bestattung, der Trauerzeiten, der Totenruhe. Detailkarten illustrieren, welche Gesetze oder Verfassung dort gelten und welche Aufgaben den an diesen Orten Tätigen aufgetragen sind. Alles scheint in dem Kartenwerk verzeichnet, das All-Eine, die Ur-Mutter, das Ur-Meer, der Einegott, die Vielgötter, die Nebengottheiten, Zwischenwesen und Helferfiguren. Auch die Verfolger der Toten, ihre Peiniger und Monster, ihre sämtlichen Bedrängnisse fehlen nicht. Alle Beigaben sind vorgestellt: Diener, Tiere, Wesen, die beim Übersetzen helfen, Spielzeuge, die sie in ewigen Seinsgründen erheitern, Schmuck, Öl, eine Münze unter der Zunge, auch Waffen überkreuz. Zwischen den festen Seiten aus Papyrus immer wieder dunkle Zwischenblätter. Wie ein Flor, der über den Karten liegt. Das sind die Ruß-Pergamente menschengemachter Tode. Überall, wo Krieg, Kampf, Mord für Vernichtung und Auslöschung verantwortlich sind, türmen sich dunkle Gebirge. Meine Handflächen glühen, erschrocken reiße ich mich aus dem Griff des Geflügelten los, schaue ihn an. Seine Augen zwei tiefe Höhlen, Tunnel, an deren Ausgang Ketten von Codes herabrauschen. Dahinter scheint Licht zu gleißen. Ist das ein Lavastrom, dunkel und glühend zugleich? Es treibt auf mich zu. Ich erwache gemartert. Im Kopf Dumpfheit, die Last des Traumgesichts. Verwirrt, wie tief Literatur mit Alp und Leben sich verwoben hat, brauche ich Zeit, um zurückzufinden zu dem, was ich Mein nenne. Vor dem

Verlassen der Wohnung lange über das Geträumte sinniert, die Scheinfrüchte betrachtet. Ihre mokkabraunen Verfärbungen sehen aus, als wäre der Kern explodiert. Wilde Galaxien stieben auf der Oberfläche auseinander. Wahrscheinlich erzeugen Gerbstoffe diese von innen ausgehende Verdunkelung. Vom Farbton des Steins, den ich bei Floribunda gesehen habe, würde es passen. Noch gibt die Schale nirgendwo nach, bleibt ledrig und fest. Sogar der Duft ist unverändert aromatisch. Draußen bei den Früchten im Gras treibt die Verfärbung intensiver. Dort entstehen Sternennebel und schwarze Löcher. Verweile lange auf meiner Bank, selbst als ich friere, ziehe ich es vor, draußen zu verharren. Wandere, sammle Blätter, suche Farbe, habe Angst vor der Länge der Nacht. Fürchte, erneut zu träumen. Wenn das Ich verloren geht, wer oder was spricht unter meinem Namen?

2 Krähen, Feld sechs
2 oder 3 Kohlmeisen, Feld acht im Strauch
1 Specht, nur gehört
Verschiedene Vogelstimmen, unbekannt
3 Jungen mit Gettoblaster und Skateboard unterm Arm
5 Passanten
1 Windhund
1 Engel

5. Oktober – *11 Grad. Trüb. Zehn bis halb elf.* Im Geviert flaniert. Wieder und wieder verliere ich die Ziffer des Marksteines, von dem ich starte. Bevor ich den nächsten erreiche, habe ich ihn vergessen, zumal Steine fehlen. Fast immer lenkt ein Epitaph, das ich beim Laufen entdecke, meine Aufmerksamkeit um. Während ich tastend der ausgewaschenen Inschrift folge, verflüchtigt sich die Zahl, die ich mir merken wollte. Es erscheint unlogisch, dass ich zwischen einem Feld mit Nummer zehn und sechs stehen kann, obwohl sie aneinandergrenzen. Entnervt, weil ich die Lösung nicht sehe, nicht glauben mag, dass das mit dem Ding in meinem Kopf zu tun hat, skizziere ich ein Rechteck mit sechzehn Quadraten. Feld für Feld schreite ich es ab, trage jede Nummer in meine Kladde ein. Zeichnend, schreibend, lesend begreife ich: Die Zahlenfolge verläuft von links nach rechts, beginnend auf Seiten der Zieblandstraße. Vom Haupteingang in der Arcisstraße steigen sie numerisch auf. Nun klärt sich, warum ich von meiner Sitzbank zwischen Feld fünf und sechs links das Feld mit der Zahl Eins, rechts der Neun sehen kann. Nur wenige Zahlen behalte ich noch. Es liegt nicht daran, dass wir in der siebten Klasse Taschenrechner erhielten. Einzelne Eltern äußerten Unmut gegenüber den Plänen. Sie fürchteten um Grundfertigkeiten wie Dreisatz und solche Dinge. In meinem Fall zu Recht, aber es war nicht Casios Schuld. Weder die Tasten noch die Apparatur, zu der ein, wenn ich mich richtig entsinne, umstrittener Betrag beizusteuern war, zeigten jemals Abnutzungsspuren. Blankweiß leuchtete die Beschriftung am Ende der Dreizehnten, genau wie zu Anfang der Siebten. Ein ganzes Gymnasialleben trug ich die mit mir herum. Obschon im Tornister nahe, blieb sie mir fremd. Als der Deutschen Bundespost einfiel, die vierstelligen Telefonnummern unseres Ortes gegen sechsstellige zu ersetzen, empfand ich enttäuscht, dass sich einiges verkomplizieren musste, damit es im Größeren funktionieren soll. Je mehr PINs, Super-PINs, IBANs und andere Nummern der Alltag erfordert, desto weniger kenne ich mich darin aus. In meinem Kopf, werter Lord, zerfallen auch Zahlen wie modrige Pilze. Der Mathematiker, erkannte schon Wittgenstein, ist in Wahrheit kein Entdecker, sondern ein Erfinder. Die angeblichen Beweise der Mathematik nichts als sprachtechnische Erfindungen. Was meint denn überhaupt ‚unendlich'? Doch wohl nicht, dass es immer so weitergeht. Dass wir aufs Beste, das Wahrscheinliche, hoffen, oder wie? Strikt logisch, meint unendlich nicht mehr, aber auch nicht weniger, als dass hier eine Regel gelten soll, für die ein Ende nicht definiert ist. Verstünde ich Zahlen doch besser! Es muss schön sein, wenn alles aufgeht. Sämtliche Zweifel gelöst sind. *Quod erat demonstrandum.* Ein schwarzes Quadrat soll als Platzhalter für den Beweis dienen, angeblich heißt das *Q.e.d.*-Kästchen auch Grabstein oder Kiste.

1 bis x Moose
1 bis x Hyphen
1 bis x Flechten

6. Oktober – *12 Grad. Bewölkt, nur teilweise sonnig. Halb vier bis halb fünf.* Rund um Ahorn, Hasel, Linde und Schwarznuss deckt sich der Boden mit frisch gefallenem Laub. Auf den Wegen bunte Tupfen und Sprenkel. Noch sehen die Kronen nicht ausgedünnt aus. Das handtellergroße Ahornlaub schaukelt in seitlichen Schwüngen abwärts, pendelt mit jedem Links- und Rechtsschwung kurz gen Himmel, bevor es langsam, aber sicher in Richtung Boden gleitet. Seine Luftspur gleicht jener Linie stilisierter Tannenbäume, abfallend geschwungene, geflügelte Treppen. Weder Blattgröße noch Luftströmung allein scheinen den Flug zu beeinflussen. Einen Unterschied macht auch, ob die drei- oder fünflappigen

Blätter stumpf gesägt und kantenglatt sind wie beim Bergahorn oder spitz herausragen wie beim Zucker- oder Spitzahorn. Mal schwingen sie leichter, mal schwerer. Wenn das Blatt trocken ist und die Lappen sich einrollen, fällt es schwer zu Boden. Anders der Laubfall der Sommerlinde. Wie Fallschirme schweben ihre Blattteller herab, gleichmäßig mit geringer Drift. Das bis zu 40 Zentimeter lange gefiederte Blatt der Schwarznuss löst sich nur beim Sturm als Ensemble ab, ohne trennt sich jedes für sich. Wenn die Strömung trägt, überaus graziös. Schon früh im Herbst safrangelb gefärbt, sind die länglichen eiförmigen Blätter mit scharf gesägten Rändern die ersten, die sich lösen. Hängen nur noch zwei oder gar ein letztes am langen dünnen Stiel, sind sie reif für ein Experiment im Wind. Senkrecht wie ein mit der Ritsche aufgezogener Kinderpropeller kreiseln Spindel und Fähnlein in der Luft, mit leichtem Rückstoß elastisch zurückhüpfend, landet das Paar endlich am Boden. Auf dem Rückweg hänge ich mit meinen Augen am Himmel. Versuche torkelnd schwebende Blätter zu verfolgen, will mitmachen beim Tanz vorbei an Zweigen und Stämmen. Weit oben, in einem der Ahorne in Feld sechs, fällt mir ein honiggelbes Pilzbüschel auf. Die Hütchen glänzen taufrisch, jedes ziert ein Gesprenkel dunkler Stippen. Etwa zweiunddreißig Fruchtkörper kann ich zählen, als ich die Gruppe mit der Handykamera zu mir heranzoome. Einige sind winzig, höchstens zwei oder drei Zentimeter lang, andere sieben bis acht. Alt können sie nicht sein, ich schätze sie wenige Tage jung, aber vielleicht lasse ich mich von ihrem frischgeburtlichen Glanz täuschen. Die Hyphen treiben ihr Netzwerk unter die Rinde, die dünne Schicht, das Kambrium, nährt sie. Aus dem Stamm wölben sich Wulste, der Ahorn schräg gegenüber zeigt auch solche Wölbungen in großer Zahl. Spuren erloschener Symbiosen? Die Suche im Internet ‚Pilz' plus ‚Ahorn' plus ‚honiggelb' wirft Hallimasch, Honigpilz, aus. In den Anschauungsbildern fehlen die braunen Flecken, auch der Stängel sieht anders aus. Die hier zeigen kleine gerippte Schnüre, fast wie Ingwer-Rhizome. Ich werfe eine veränderte Anfrage aus: ‚gelber Pilz' plus ‚Baum' plus ‚Büschel' plus ‚braune Stippen'. Jetzt erhalte ich Bilder eines Goldfell-Schüpplings. Mit Vorliebe suche er Rotbuchen auf, das passt nicht, die Buche steht gegenüber. Der Schüppling gehört zur Familie der Träuschlingsverwandten (*Strophariaceae*). Zuerst verlese ich mich, erkenne das Wort Täuschlingsverwandte. Ich checke die Bilder, auch der übrige Teil des Steckbriefs passt. Sein Hut ist klebrig, er wächst von Sommer bis Spätherbst. Er zählt zu den Speisepilzen, Champignons nicht unähnlich, gilt er jedoch als wenig schmackhaft.

Der Goldfell-Schüppling ist ein Parasit, er befällt vitale und abgestorbene Bäume, er zersetzt das Holz des Wirts mit Weißfäule. Der Eindringling klingt vielversprechend, *Pholiota aurivella*, nichts in seinem Namen verrät seine Gefährlichkeit. Mir fällt der Begriff *Spongioblastoma multiforme* ein. Er hat sich nicht durchgesetzt. Man sagt jetzt Raumforderung oder Glioblastom.

2 Krähen
1 Vogelschwarm, sehr hoch
3 Spinnen, sehr klein
1 Schnecke
1 Pilzbüschel mit 38 Fruchtkörpern
10 Passanten, eilig
3 Jogger, verstöpselt
Verkehrslärm
Glocke St. Joseph

***7. Oktober** – 11 Grad. Bewölkt, teils sonnig. Zwei bis halb vier.* Schnell hat sich das Laub verfärbt zuletzt. Folge kapriziöser Monate. Habe mir angewöhnt, in einem eigenen Papierkalender Wetterdaten zu notieren. Er lässt genügend Platz, braucht keinen Strom, wächst mit dem Leben mit.

Auf Wind- und Luftdruck verzichte ich, auch Sonnenscheindauer, Niederschlagsmengen lasse ich weg. Außergewöhnliche Wetterphänomene nehme ich auf, sofern sie mir zu Ohren kommen. Gleich morgens um halb sieben lese ich die Temperatur am Außenthermometer ab, notiere meinen ersten Eindruck. Manchmal vergleiche ich das Notierte mit den Angaben des Handys: klar, nebelig, bewölkt, regnerisch, sonnig. Ursprünglich wollte ich die Abweichungen der Prognosen notieren, aber etliche sind mir durchgerutscht. In Gedanken bin ich zu oft beim Nördlichen. Symbole kritzele ich dazu. Von Tag zu Tag sehen sie etwas anders aus. Einmal hat meine Sonne fünf Strahlen, einmal nur vier, einmal sechs. Schwankende Gestalten auch meine Wolken. Die Regentropfen fallen nach Lust und Laune vom Stift ins Blatt. Mein System ist fehleranfällig, unwissenschaftlich, anachronistisch, das gebe ich zu. Für mich ist es trotzdem von Belang. Die digitalen Dinger mit ihren Fieberkurven sagen mir nichts. Immer tiefer soll ich mich durch irgendwelche Menüs wischen, dabei verliere ich, was ich finden wollte. Digitale Kalender sind Einmachgläser, glänzende Oberflächen, fader Geschmack. Wie ich sehe, war der Frühling kühl und nass. Wechselhaft der März, als vertrete er den April. Orkanböen, sogar Schnee, eisige minus 9,2 Grad in Oberstdorf. Danach Sonnenschein satt. Der April blieb trocken, verstieg sich hochsommerlich auf 28,1 Grad in der Stadt. Der Mai schwankend zwischen kühlen acht und warmen zwanzig, dazwischen Schnee, heftige Niederschläge. In Teilen des Landes treten Flüsse weit über ihr Ufer, ich entsinne mich an Bilder im Fernsehen. In der Stadt gab es auch Starkregen, aber nur kurz. Ende Mai misst die Schneedecke auf der Zugspitze 640 cm, so viel wie seit dreißig Jahren nicht mehr. Seit Juni pendelt der Sommer zwischen achtzehn und fünfunddreißig Grad, überrascht mit Hagelkörnern, teils groß wie Tischtennisbälle zwischen München und dem Ammersee. Nicht ganz so große, aber immer noch beachtliche, an meinem eigenen Fenster. Auch der Juli und August zwischen Extremen, Höchstwerte von fünfunddreißig sinken immer wieder ab, selten jedoch unter sechzehn Grad. Das flache Emsland zeigt, Wärmerekorde sind relativ. 42,6 Grad. Gestanzte Alliterationen im Boulevard. Horrorhitze, grausamer Glutsommer. An ihrem höchsten Punkt kippen sie ins Lächerliche. Auch der September vergleichsweise warm. Mit Ausschlägen nach oben und unten, liegt er knapp über den Referenzwerten. Habe es bei meinen Fußwegen zum Alten Nördlichen gemerkt. Alles in allem ein warmes Jahr, 19,2 Grad Durchschnittstemperatur in Deutschland. Das drittwärmste seit Beginn der Wetteraufzeichnungen, heißt es. 1881 war das, Gemming hatte da schon die zweite Ausgabe der *Poetischen Verbrechen* draußen, schrieb am *Platzstabs-Offizier*. Und dieses, mein letztes Jahr? *Der Sommer war sehr groß*. Scheidende Worte, welke Metaphern. Vergiss die Mär von den Ausnahmejahren. Pauke lieber Neulandvokabeln. Wärmepessimum, Heißzeit, Klimaoszillation, Sonnenscheinsoll. Wie lange noch werden Kinder vier Jahreszeiten kennen? Aus eigener Anschauung wissen, was Vivaldi inspirierte? *Blaues Band, Goldne Fäden, Schweres Kleid, Weißes Gewand*. Auf welchem Friedhof sollen die toten Wörter wohnen?

2 Krähen
4 Jogger
1 Frau mit Kinderwagen
1 Frau mit Kind an der Hand
3 Spaziergänger
4 Passanten
Verkehrslärm
Kinderlärm vom Spielplatz
Glascontainereinwürfe

8. Oktober *– 18 Grad. Leicht bewölkt. Halb elf bis eins.* Hundertachtundfünfzig Schritte brauche ich vom

Eingang Adalbertstraße, gezählt ab dem Eckstein mit den drei Buchstaben. Ein Steinmetz hat mit Knüpfel und Eisen ein M, darunter ein R und ein E in den Stein gehauen. Gegenüber am Eingang Zieblandstraße befindet sich ein Pendant. In gleicher Machart trägt er oben die Majuskel M, darunter jedoch ein L und ein I. Es sind Marksteine, Wegweiser, Zugangsanzeiger, wahrscheinlich bedeuten sie Mitte oder Mauer Rechts oder Links. Ich lese es anders, wenn ich mich nähere und um Einlass bei den Toten bitte. Komme ich von Norden, flüstere ich EMRE, komme ich, was selten geschieht, von Süden, kann der Stein mich EMLI wispern hören. Die Liste der erloschenen Sprachen ist lang. Stünden EMRE und EMLI zwischen Avestisch und Elamisch, zwischen Hurritisch und Illyrisch, zwischen Lepontisch und Merjanisch oder Mentscherisch und Mozarabisch, zwischen Norn und Numidisch, zwischen Pomoranisch und Sudauisch, zwischen Sogdisch und Vandalisch, wären sie tot. Für mich sind EMRE und EMLI keine Vokabeln einer toten Sprache, sondern Totensprache. Ob ich sie verstehen werde, wenn meine Worte verloren gegangen sind? Schon muss ich länger nach ihnen suchen. Gleich Nüssen, die vergraben wurden. Eichhörnchen finden längst nicht alle Vorräte im Boden wieder. Angeblich trainieren sie beim Graben ihr Gedächtnis. Höre den keckernden Ruf, wünschte, ich könnte ihn verstehen. Muss an die Lieder der Vögel, die Gesänge der Wale, die Rufe der Tiere denken. Wittgenstein schreibt in den *Philosophischen Untersuchungen*:

> *Man sagt manchmal: die Tiere sprechen nicht, weil ihnen die geistigen Fähigkeiten fehlen. Und das heißt: >>sie denken nicht, darum sprechen sie nicht<<. Aber sie sprechen eben nicht. Oder besser: sie verwenden die Sprache nicht. […] Befehlen, fragen, erzählen, plauschen gehören zu unserer Naturgeschichte, so wie gehen, essen, trinken, spielen.* (§25)

Auch sie teilen sich mit, tauschen Information, mutmaßlich, ohne je neu Bedeutung zu erzeugen. Andererseits, wer könnte es mit Bestimmtheit sagen? Eine von acht Millionen Tier- und Pflanzenarten weltweit ist vom Aussterben bedroht, unzählige vor ihnen sind bereits verschwunden. Was sie einander sagen wollten, was sie uns zu sagen hätten, stirbt damit auch. Weltvernichtung, Lebensraumzerstörung, Sprachspielverlust. Der Wittgenstein der *Philosophischen Untersuchungen* widerspricht seinem eigenen Frühwerk. Im *Tractatus* definiert die Sprache Wahrheitsfunktionen, diese bestimmen, was der Fall ist und was nicht. Im Spätwerk dann gemeinsames Sprachhandeln, Spracherweiterung, statt Logik. Ähnlichkeiten von Fall zu Fall.

2 Krähen im Baum von Feld acht, eins, fünf
1 Eichhörnchen Feld neun, fünf, sechs
1 halbe Walnussschale Feld fünf
1 Maiskolbenstück, halbiert, ebd.
1 Karton mit Gräsern und Blättern

***9. Oktober** – 11 Grad. Bewölkt, verhangen. Vier bis fünf.* Die Sendung des Antiquariats erhalten. Wie zart das blaue Heftchen ist. Sechzehn mal zehn Zentimeter klein, ein Format für Jackentaschen. Vierundsechzig Seiten im Pappumschlag verleimt. Das preiswerteste aller Verfahren. Der Titel umso aufwendiger. *Scherz und Ernst in Poesie und Prosa. Vermehrter Anhang zu den Poetischen Verbrechen von August Gemming, Lenggries 1888, Selbstverlag des Verfassers.* Den Preis, *1 Mark,* zur Sicherheit gleich zweimal aufgedruckt, einmal links im Eck, einmal rechts. Vielleicht entspricht das deinem Wunsch nach Symmetrie, vielleicht soll das Heftchen insgesamt zwei kosten. Vielleicht ist es ein Verkaufsaufhänger, um mit Kunden ins Gespräch zu kommen, Humor hast du, Gemming! Ich stelle mir vor, wie du im Gasthof Exemplare auslegen darfst, vielleicht von Tisch zu Tisch ziehst und aus der Hand verkaufst. Unwahrscheinlich, dass Geld in der ländlichen Region locker sitzt, schon gar nicht für Poetisches. Doch das Jahrhundert der Sommerfrischler und Kurlauber zieht auf. Die Industrialisierung erfindet erholungssuchende Schichten und die Eisenbahn ermöglicht komfortablere Anreisen. Selbst der Kaiser hat seinen Zug. 1874 wird die Strecke eröffnet, vorerst nur bis Tölz. Womöglich fährst du das letzte Stück mit der Kutsche oder du nimmst das Floß, wenn du nicht zu Fuß gehst, um Reisegeld zu sparen. Jedenfalls zielst du auf neue Kunden. *Grüaß Enk Gott!* lautet gleich das zweite Gedicht. Auf dem Titel die Tuschezeichnung eines jungen Mannes vor alpiner Kulisse. Auf halber Höhe, zwischen Mann und Gebirgskette, eine Hütte. Absender unter der Illustration: *gez. Gemming.* Der junge Mann könnte alles sein – Wanderer, Jäger, Revierförster, Wildschütz. Der Bursche trägt Lederhose mit gesticktem Bauchgurt, Janker, Hemd, verzierte Wadenüberzieher, Wanderschuhe. Womöglich Lenggrieser Tracht. Kraftvoll schwenkt er in der Linken seinen Schneihaki-Hut, wirft die Birkhahn-Schwanzfedern nach oben. Ein stark akzentuierter Gruß, vielleicht ist das Gegenüber sehr weit weg. Durchaus Theatralisches haftet der Geste an. Zur Bühne passt dieses Pathos, zu Paraden, zur Daguerreotypie, auch zu Wilderern im

Gebirge. Die Pose des Jennerweins, des Girgl von Schliers, elf Jahre zuvor am Rinnerspitz rücklings erschossen. Eine Tagestour ist der Schliersee von Lenggries entfernt. Der Coverboy hält in der rechten Hand den langen Wanderstock, auf dem Rücken trägt er einen Rucksack, der wenig enthalten wird, stark spannen die Riemen nicht. Quer über den Leib hängt der Gurt eines nach hinten baumelnden Gewehrs. Der Blick des Wanderers weist nach links, auf einen Punkt in der Ferne. Der erhofften Leserschaft schaut er nicht ins Gesicht. Für *Scherz* finde ich auf dem Titelbild keine Spur, für *Ernst* schon. Als wolle sich der Wanderer das, was er fixiert, ein letztes Mal einprägen. Der Mann nimmt Abschied oder Reißaus. Fragt sich, von wem oder was? Von glücklichen Tagen, von Krankheit oder Tod? Eines der nennenswerteren Gedichte ist ein Lied auf den Frühling, darin die Zeile *Zum Abschied bin bereit.* Im Nachwort betreibst du Marketing: *Gegen Vorhereinsendung von 5 Mark übersende ich sofort franko nachfolgende Humoristika (Bereits in 12,000 Exemplaren erschienen.)* Dort auch die Begründung für den Ortswechsel von München ins Isartal. Der Autor habe diesen nötig, lässt du wissen, er müsse sich einige Zeit im Lenggrieser Hochland aufhalten. Nur durch die *dortige sauerstoffhaltige, ozonkräftige reine Luft und regelmäßige und solide Lebensweise* könne es gelingen, sich gänzlich wiederherzustellen. Angeschlagen beziehst du Zimmer Nr. 4 im Gasthaus zur Post. Siebzehn Jahre bist du da schon außer Dienst, ein ältlicher Pensionist. In knapp fünf Jahren wirst du tot sein. Dabei klingt das *Gemming, Fechtmeister*, das du darunterschreibst, ausnehmend fit. Am Ende hast du einfach finanziell überzogen, schaffst zwischen dir und deinen Gläubigern ausreichend Distanz. Doch die Scherze über *Wechselfieber (Febris intermittens) und Markleiden (morbus monetarum)* klingen halblustig nur. Wie krank bist du wirklich, Premierlieutnant a. D.?

3 Krähen
2 Tauben
4 Jogger, verstöpselt
3 Spaziergänger
5 Passanten
2 Wanderer zwischen Welten

***10. Oktober** – 14 Grad. Sonnig. Vierzehn bis fünfzehn Uhr.*
Zwischen die Lindenwurzeln hat jemand einen Aschenbecher als Vogeltränke hingestellt. Etliche Grabmale haben Becken eingebaut, kleine, große, tiefe, flache, runde, eckige. Jetzt sind die meisten mit Laub gefüllt, Algen und

Moose besiedeln ihre Ränder, eine abgestandene Ursuppe, kaum besonders anziehend für Vögel, oder etwa doch? Im Erdreich eingetretene Kronkorken. Verwittert die Logos einer Brauerei, daneben Reste einer Walnussschale. Vielleicht weißt du es längst, Gemming, ich habe es heute erst herausgefunden. Deinen Gasthof in Lenggries, die *Alte Post*, gibt es noch, stand in der Zeitung. Gerade wird er saniert. Der Umbau kostet Millionen, die Beschlüsse finden sich im Netz. Den unteren Teil übernimmt eine Kita, der erste Stock mit den Gästezimmern wird Mehrzweckraum. Den zweiten Stock widmen sie Büros, im Dachgeschoss entstehen Wohnungen. Ein Glück, dass das alte Bühnenhaus steht. Sobald es geht, fahre ich nach Lenggries, versprochen! Mit der BOB, der Bayerischen Oberlandbahn, sollte es gehen, eine Stunde, sieben Minuten Fahrt laut Navigator. Der Bürgermeister sagt: *Wir werden sicher keine Tanzveranstaltungen anbieten.* Dein Gemming habe gerne getanzt, schreibst du, seine Brust sei nach einem Ball *mit Cotillon-Orden förmlich übersäet.* Mir kommt die Party-Tram in den Sinn, die am Platz unter meiner Wohnung Station macht. Ihre Beats dringen bis in die allerletzten Winkel, egal, ob sie fährt oder steht. Die Wagons vibrieren, der Schweiß der Tanzenden beschlägt die großen Fenster und die Blitze der Discokugel zucken über den Asphalt. In dem alkoholschwangeren Grölen kommt mir mein Leben jedes Mal freudlos vor. Ab und zu ergreift mich spontane Lust, Menschen und Musik hautnah zu erleben, zu gern würde ich dann herunterlaufen und einsteigen, doch ohne Anmeldung läuft da nichts. Sobald die Elektrische abfährt, verfliegt meine Laune gleich wieder. Die Stimmung, weg. Manchmal, bei Wind aus Südwest, meinte ich, das Wummern der Bässe zu spüren, wahrscheinlich Phantom-Vibes.

3 Krähen
2 Kronkorken
1 Aschenbecher aus Glas
1 Spinne
5 Glascontainereinwürfe

11. Oktober – *14 Grad. Sonnig. Zehn bis halb zwölf.* Am Himmel ein Zeppelin. Wie still und bedächtig seine Fahrt. Stelle mir vor, dass dort die Toten schweben, wer mag, nimmt teil am Ausflug ins Blau. In urbanen Zentren pausiert der Verkehr nie. Ruhestätte sagen wir zu den Verwahrorten sterblicher Reste, im Mittelalter hieß es Kirchhof, mit gutem Grund. So nah als möglich wollten die Verstorbenen ran an die Kirche, an die

Gemeinschaft der Glaubenden. Das Wichtigste für eine tote Christenseele war, am Tag der Auferstehung in der *fast lane* zu sein. Grabzeichen keine, wozu auch, Individuelles im Mittelalter ein Konzept ohne Sinn. Es reichte, das welke Fleisch geweihter Erde anzuvertrauen. Gut, ein Mauerkreis fand sich noch, Schwundstufe dämonenbannender Gebräuche. Kirchhöfe damals holprige Wiesen und Weiden mit Hügeln und Mulden. Schafe, Ziegen, Rinder weiden darauf, Wege, täglich genutzt, führen mitten hindurch. Für Luther gibt es keinen weltlicheren Ort. Die Leute treiben dort allerlei, mehr als zu wissen schicklich ist. Seine Empfehlung, ein abgesonderter, ein stiller, ein in sich geschlossener Friedhof. 1527 sein Camposanto-Konzept. Das Wort hat Luther nicht erfunden, aber erdacht, wofür es nun steht: Ein abgesondertes Geviert mit Schwibbögen, Grufthäusern, Arkadengrüften. Die Toten schlafen ungestört unter biblischen Szenen in Pastell. Der Friedhof, wie die Kirche, nun Verkündigungsort. Ein knappes Menschenleben war der Alte Nördliche in Betrieb, 71 Jahre nur, von 1868 bis 1939. Dann, weil er den Faschisten im Weg lag, wurde er aufgelassen. Isabella- und Luisenstraße sollten zur Prachtallee ausgebaut werden, lese ich, um Paraden zu Hitlers Alterssitz in Schwabing zu ermöglichen. Die Ruhefrist wurde kurzerhand von fünfzehn auf sieben

Jahre reduziert. Sechzehn Felder durchkreuzten tausend Jahre Planung. Pietät nach Gutdünken. Immer dann, wenn sie in den eigenen Kram passt. Nach Fünfundvierzig Ende Gelände. Aus und vorbei mit der unmenschlichsten aller Raumplanungen. Kriegswolken verziehen, Erinnerungen verblassen. Besser, dass nicht alle Wunden im Stadtbild heilen. Blauhimmel, immer schön, Barbaren, immer schlimm.

4 Passanten mit Koffern
5 Spaziergänger
2 Jogger
1 Kind, das mit Metall auf Metall schlägt
1 Zeppelin

12. Oktober – *Fast 18 Grad. Sehr sonnig.* Das Geviert tönt. Bei schönem Wetter sind viel mehr Vögel zu hören als sonst. Ich erkenne ein Zituit, zituit, zituit, später ein Tschlp, tschlp, tschlp und ein Ziep, ziep, ziep. Doch nichts außer dem Krahr, krahr der Krähen kann ich wirklich zuzuordnen. Wünsche mir Weitstatt Kurzsichtigkeit. Myopie ist hinderlich für Erkundungsfrohe. Ich setze auf die App. Sie wird mir helfen bei den Rufen der Vögel. Solange ich kann, will ich lernen. Graue Masse klingt so degenerativ. Gehirne sind entwicklungsfähig. Einige Zellen regenerieren. Buch mit dem Elefantenhirn gelesen. Wie und warum sich Wissen organisiert. Neugeborene sind Synapsenweltmeister. 1,8 Millionen Synapsenverbindungen pro Sekunde bis zu ihrem ersten Lebensjahr. Alles nicht Gebrauchte danach wieder abgebaut. Über 20 Milliarden weg, verpufft, entsorgt. Wohin verschwindet, was die Großhirnrinde nicht mehr brauchen kann? Wird es revitalisiert? Das Neue überschreibt das Vorhandene, wird arrangiert und rekreiert. Digitale Metaphern. Überall. Keine Ahnung, warum die Vögel heute so laut sind. Vielleicht erfreuen sie sich am guten Wetter. Ein zeitgenössischer Philosoph und Biologe, den ich lese, erklärt, warum Gefühl die geheime Verbindung allen Lebens sei. Die Biologie habe viel zu lange die Vorstellung transportiert, das Leben gleiche einer Maschine. Die einzelne Zelle nichts als ein Kraftwerk. Genau so lernte ich es in der Schule. Wie irre die Metapher uns geleitet hat. Gestern Abend nach Gemmings *Compositionen* gesucht. Durch H. Killingers Kunst- und Musikalienverlag in Wiesbaden könne man sie beziehen, kündigst du in der zweiten Auflage der *Verbrechen* an. Texte und Vertonung als Liedsammlung im Angebot. Geschäftstüchtig bist du, das muss ich dir lassen. Zuhause, am späten Abend höre ich die Soundfiles der Stimmen in der neuen App. Alle Fenster geschlossen, die Vögel draußen sollen nicht gestört werden. Ich klicke den kleinen Lautsprecher, höre und versuche es mit den Tönen, die ich im Ohr habe, und meiner Mitschrift zu vergleichen. Real und virtuell verschwimmen, meine Erinnerung an den Ersteindruck verflüchtigt sich. Ich lerne den Ruf der App.

Vogel 1: Tsitsibä, tsitsibä, tsitsibä, vermutl. Blaumeise
Vogel 2: Krrrrrrrrrrrrr, krrk, krrk, krrk, könnte Specht sein
Vogel 3: Zituit, zituit, zituit, zituit, keine Ahnung
Vogel 4: Tii-tii, zerrr, tii-tii, zerrr, auch Blaumeise?
Vogel 5: Räääätsch, rau, heiser, Eichelhäher!
Vogel 6: Krrah, krrah, krrah, krrah, Krähe
Zahlreiche Passanten
Verkehrslärm

13. Oktober – *24 Grad. Sonnig. Elf bis halb eins.* Der Postbote hat Wurfsendungen in den Briefschlitz gepfropft. Ein quadratisches Format liegt obenauf. Sein Titel *Poetry.* Beim Blättern verstehe ich, dass ein

Versandhändler Winterkleidung anbietet. Packe den Katalog auf die anderen Prospekte. Der Gedanke an Schnee und Eis könnte weiter nicht sein. Mein schwarzer Daunenmantel wird mich wärmen, sollte es kalt werden auf meiner Bank. An Seen und am Meer hüllte er mich ein, in vielen Kirchen. An der südlichsten Stadt der Welt, in Ushuaia, am Beagle-Kanal, habe ich ihn vermisst. Das Gepäck reduziert. *Der hält bis ans Lebensende,* hat die Verkäuferin gesagt. Einiges hat sich aufgestaut zuletzt. Lauter Un-s, wohin mein Blick fällt: unaufgeräumte Spüle, ungebügelte Wäsche, ungeleerter Müll, ungeöffnete Post, unbeantwortete Anrufe, unerledigte Einkäufe. Nachmittags, im tiefstehenden Licht, erwachen Staubmäuse. Erde und Brösel knirschen unter den Sohlen. Im Flur wucherndes Schlingzeug elektronischer Gerätschaften. Das Display des portablen Telefons meldet: vier Anrufe in Abwesenheit. Unter Unbeantwortet erscheint eine Nummer mehrfach, ich kenne sie auswendig. Die Klinik. Über Lexika, Bücher, Leihzettel, Blätter und Scheinfrüchte bahne ich mir meinen Weg. In Wahrheit sind die Scheinfrüchte Nüsse, wie ich jetzt weiß. Morphologische Analysen ergaben, dass die fleischige Schale nicht aus dem Fruchtknoten erwächst und damit kein Teil der Fruchtwand ist, sondern aus den Vorblättern des Blütensprosses entsteht. Jahrzehntelang anderes gelehrt. Laub und Blattspindel enthalten bioaktive Stoffe, darunter Tannine, Flavonoide, Kaffee-, Zimt- und andere Pflanzensäuren. Seit alters kosmetisch eingesetzt, als färbende Substanz sowieso, sodann als Gerbstoff, Droge oder Heilmittel. Den Extrakten wird einiges zugetraut. Nachweislich entzündungshemmend, antimykotisch. Vergiss es! Verschwende nicht einen Gedanken an Dekokte! Im Geviert die große Runde linker Hand. Komme am Haupteingang vorbei, passiere den Wasserspender. Einige Sträucher fallen mir ins Auge, Floribunda definiert *Ficus carica*. In seiner Mitte am Boden eine gut erhaltene Frucht, zwei weitere hängen am Baum. Das Wetter verführt mich zu Selbstüberschätzung. Wenn meine Kräfte es zulassen, will ich abends wiederkommen.

2 Krähen
4 Wollmäuse
3 Feigen
1 Feigling

14. Oktober – *25 Grad. Sonnig. Elf bis zwei.* Der Goldfell-Schüppling hat sich verändert. Sein neulich noch zylindrischer Hut mit glänzender Schicht ist flach und stumpf geworden. Der Rand erscheint mir unten heller als oben, weniger prall, seit ich ihn zuletzt betrachtete. Die vielen schönen Tage hinterlassen Spuren. Allzumenschliche. Der Geruch nach Urin nahe der Linde, die Kronkorken zwischen den Wurzeln, das Stückchen Pappe, das jemand in die Ritze der Bank geklemmt hat. Ein Kuchentablett, das Bäckereien verwenden, als Unterlage für Tortenstücke. Ich habe es geöffnet, die mehlweißen Würmchen an den Krumen betrachtet. Einen Moment würgt mich Ekel, steigt eine Erinnerung in mir auf. Zu groß war die Verletzung am Hinterlauf. Über Nacht füllten Maden die Wunde, fraßen das Tier, das noch lebte, über After und Enddarm auf. Schnell die Pappe zurück an ihren Platz. Kein Eingreifen mehr, nur Zulassen. Kein Ändern, nur Sehen und Schreiben. Auf den Blättern der Linde eine klebrige Dreckschicht. Honigtau. Exkremente von Blattläusen. Täglich wird die Schicht dunkler, Spuren des Verkehrs, vermischt mit dem, was der Wind vom Erdreich aufwirbelt. Über mir eine der beiden Krähen, die andere sucht nach Larven zwischen Blättern. Einen schlechten Leumund haben sie. Dabei zählen sie zu den intelligentesten Tieren. Wer sich unfair verhält, wird von der Gruppe geächtet. Manchmal meine ich, der ganze Friedhof gehöre diesem einen Paar, doch inzwischen habe ich auch andere schwarze Vögel gesehen. Meist bringen sie Unruhe mit, man hört die Aufregung von weitem. Die Krähen von Feld fünf besuchen bevorzugt die Felder eins bis acht. Feld neun und Feld elf scheinen sie zu meiden. Dort spaziert das Taubenpaar. Bei schlechtem Wetter sitzt es bei EMLI an der Mauer und verharrt unter den Bäumen. Dort befindet sich das beste Versteck. Werde es mir merken. Die beiden Krähen stolzieren meistens getrennt im Gras, auch sie suchen nach Würmern, Insekten und Larven. Oft hält eine von oben Ausschau. Als ob sie von dort Futterhinweise gäbe. Beide reagieren auf den Baulärm in der Tengstraße, wo der Asphalt aufgerissen und die Gehwegplatten abgeräumt werden. Immer, wenn die Lastwagen Geröll abschütten, imitieren sie rufend das Poltern der Steine. Es klingt nicht empört oder schimpfend, es ist, als übernähmen sie den Puls der Stadt. Mit schwerem Flügelschlag landet eine auf schwarz poliertem Granit. Jemand hat dort Erdnüsse abgelegt. Einen Moment verharrt sie reglos, wäre da nicht ihr Auge, die Krähe ginge selbst durch als Skulptur. Niemand von Belang hat sie beobachtet. Mit der glänzenden Spitze ihres Schnabels ergreift sie eine Erdnuss. Das Tier schaut sich um. Beidseits wölben sich die Nussenden aus dem Schnabel. Ich muss an jene Zauberer denken, die Luftballons abklemmen und Körperglieder daraus zurechtbiegen. Als cremefarbene

Schallblasen wölben sich die rundlichen Nussenden beidseits aus dem Schnabel. Dann öffnet der schwarze Vogel seine Schwingen, fliegt auf den Rasen. Einige Meter stolziert er durchs Gras wie ein befrackter Herr, die Beute noch fest in der Schnabelzange. Die Krähe nähert sich einem niedrigen, unscheinbaren Grab in Feld zehn. In dessen krautig verwachsenem Gestrüpp legt sie den Vorrat vorsichtig ab. Ob sie ahnt, dass ich sie beobachte? Als das Tier wegfliegt, schaue ich, ob ich die Nuss finde, doch trotz fingernden Suchens bleibt sie verschwunden. Der halbhohe, bemooste Stein trägt einen schwer leserlichen Namen. Georg Friedrich Kolb. Irgendetwas verbinde ich mit dem Namen, bekomme es aber nicht zu fassen. Werde recherchieren müssen, wieder einmal. Kolb wie Kolk. Kolkrabe. Namen zusehends schwerer.

2 Krähen
1 Goldfell-Schüppling
1 Erdnussversteck

15. Oktober – *23 Grad. Sonnig. Viertel vor drei bis vier.* Nach einigen Versuchen tatsächlich jemand beim Grabmalamt erreicht. Wer für das Grab aufkomme, möchte ich wissen. Die Telefonstimme sagt, Auskünfte über Grabnutzungsberechtigte dürfe sie nicht erteilen. Falls es sich um einen Militär handle, könne das Kriegsarchiv einen Versuch wert sein. Und die Stele, frage ich, wer kann dazu was sagen? Die Stimme kann. Unterbau Granit. Aufbau Kalkstein. Kein Original. Sicher? Sicher. Die habe irgendjemand in der Nachkriegszeit aufgestellt. Dokumentation keine. Verdutzt lege ich auf. Wusste nicht mal, dass es ein Kriegsarchiv gibt. Noch dazu in meiner Stadt, in Trambahnnähe. Nach dem Anruf gleich in deinem Kriegstagebuch gelesen. Langsam, Gemming, dämmert mir einiges. Du kämpfst gar nicht an der Front, 1870/71 setzen sie dich in der Armeelogistik ein, du hast für Nachschub zu sorgen. Deshalb nennst du dein Journal *Von der Etappe.* Etwa 30 Kilometer östlich vor Paris, in Lagny – Thorigny, musst du Verpflegungsscheine ausgeben. Gefangene *einparkiren* zählt zu den Aufgaben. Dazu kommt die Versorgung von 8.365 Kranken und 75 Offiziersleichen. Auf Besatzerseite ließ es sich schon damals gut leben. Da bleibt Zeit für allerlei, sogar für Exkursionen. Der kunstsinnige Herr Lieutenant darf übers Land reisen, Orléans besichtigen, das Gesehene notieren. Überraschend entzückt dich die Landschaftsgestaltung des Gegners. Aus den Zeilen meine ich herauszulesen, dass du ein heimlicher

Überläufer wirst. Zumindest deine Augen desertieren. Begriff und Anschauung driften auseinander. Die von zuhause mitgebrachten Feindschablonen lassen sich mit der Realität kaum in Deckung bringen. Doch viel, muss ich eingestehen, folgt daraus nicht. Im Etappenbuch das Widmungsgedicht für den im Gefecht getöteten Bruder. Die letzte Strophe verheißt: *D'rum wird Ihr Name ewig leben, / Ihr Lorbeer unverwelklich sein – / Und Ihre Heldentaten ziehen / Zur himmlischen Walhalla ein.* Glaubst du das wirklich oder versuchst du dich an einem Trostpoem für Eltern, Freunde, dich selbst? Fakt ist, die irdische Walhalla bleibt den einfachen Waffenbrüdern versagt. Erbaut für die Helden *teutscher Zunge*, gedacht, um das Nationalbewusstsein zu stärken. Dein Vater, finde ich im Netz, besuchte das monströse Ding. Am 17. August 1843, kaum ein Jahr nach Fertigstellung, trägt er sich ins Gästebuch ein. Ob ihr Söhne dabei sein durftet? Die Saat aus Donaustauf ging jedenfalls auf. Ich weiß, warum ich so lange einen Bogen um deine Sektion *Militaria* in den *Poetischen Verbrechen* machte. Wer schreibt, will doch etwas: dokumentieren, bewahren, retten. Anklagen, anstoßen, aufrütteln. Verändern, verstehen, verzeihen. Beweinen, bewältigen, bannen. Was willst du, Gemming: vergnügen, verklären, verfälschen?

> *Nichts Schön'res gibt's auf Gottes Welt / Als das Soldaten-Leben, / der Himmel ist ein luftig' Zelt, darunter froh wir leben. […] Geht's auf den Feind – wir halten fest, stolz wie die deutschen Eichen, / Dann gibt's ein flottes Schützenfest, / Die Treffer machen Leichen.*

Dazu, im Journal, fremdenfeindlich-bigotte Überlegenheitsfantasien:

> *Im Uebrigen ist hier und ich glaube ohne Ausnahme in ganz Frankreich, ein lockerer Boden. Überall schlecht verhüllte Liederlichkeit, Leichtsinn in allen Verhältnissen; alles beruht auf der seichtesten Basis, keine Sitte, keine Moral, überall gefirnißte und übertünchte Frivolität in des Worts verwegenster Bedeutung. Es ist eine verdorbene Nation.*

Das schreibt der Richtige! Ausgerechnet du, ein Autor, der mit frivolen Pointen zu beeindrucken sucht. Ein drall gezeichnetes Schaustellerweib gilt dir nichts als *Auch eine – Jungfrau von Orleans.* Dann, eine Schreibstube. Der Bleistift des sittenstrengen Monsieur l'auteur verabreicht ein Exempel deutscher Gründlichkeit und Effizienz. Ein schlanker Offizier mit Haltung sagt einem struppigen Bauern mit Knollennase mal so richtig Bescheid. Klar, wer hier das Sagen hat. In einem dritten Blatt illustriert der feine Herr Malersoldat die Grundstellung der Franzosen erneut als Inbegriff eines arbeitsfaulen Nichtstuers. Besonders mies: Einen deutschen Offizier, womöglich dich selbst, zeichnest du als geschniegelten Premier, der in lässiger Pose, Pfeifchen rauchend und an der Wand lehnend, über einen flehentlich bittenden Gefangenen hinwegsieht. Möchte dich mal an dessen Stelle sehen! Verbale Schwadronen auch an anderen Tagen.

> *Soviel scheint uns klar: Frankreichs Uebermuth muss vernichtet, seine Eitelkeit muss gezüchtigt, das große Werk muss bis zu seinen äußersten Konsequenzen vollzogen werden, denn auf halbem Wege stehen zu bleiben oder gar umkehren, wäre ein Verbrechen, von dem die Dreieinigkeit Kolb – Jörg – Greil keine Ahnung zu haben scheinen.*

Kolb? Moment mal, ist das am Ende der Kolb mit der Erdnuss im Gestrüpp – dein Antipode, und keine vierzig Schritte vom Grab entfernt, das wär's ja noch. Sofort recherchieren, danach Friedhof, was sagt man dazu? Erste Lesefrüchte: Georg Friedrich Kolb kommt in Speyer zur Welt. Mit neunzehn Jahren übernimmt er die Neuesten Speyerer Nachrichten, sowohl Druckhaus als auch Redaktion. Beides vom Vater gegründet. Der Junior, offenbar radikalliberal, nutzt seine publizistische Macht. Mit

Artikeln unterstützt er das Hambacher Fest. Der Jungunternehmer mausert sich zum Metternich-Kritiker. Die Folgen: Zensur, Verhaftung, Prozess, Freispruch. Er bewirbt sich um politische Ämter, sitzt für die Liberale Mittelpartei im Bayerischen Landtag, eckt dort mit seiner progressiven Haltung an. Kolb arbeitet in Ausschüssen zur Sozialgesetzgebung mit an Gesetzesvorlagen für *Heimath, Armenpflege und Gewerbewesen*. Er macht Front gegen einen Militärkredit, den König Ludwig I. aus öffentlichen Mitteln seinem Sohn, König Otto von Griechenland, bewilligte. Der später abgedankte König wird die Anleihe aus seinem Privatvermögen zurückerstatten. Verblüfft lese ich, dass Kolb mehrfach vergeblich sein Landtagsmandat niederlegen will. Bei Ausbruch des Deutsch-Französischen Krieges versucht er es erneut, scheitert. Publizistisch plädiert er lautstark für eine Deutsch-Französische Aussöhnung. Muss raus hier, will zu G. F. K., sofort. Kolbs Grab zugewachsen, wilde Kräuter und Flugsamen treiben aus. Sein Stein grünlich verfärbt, die Schrift stark verwittert, dem Sockel fehlt der Aufsatz. Wie wenig ich von dieser Zeit weiß. Liegt das nur daran, dass der Geschichtsunterricht gelegentlich ausgefallen ist? Orangenkrieg, Krimkrieg, Karlistenkrieg, Sardinistenkrieg, Salpeterkrieg, Burenkrieg, Serbisch-Kroatischer Krieg, Irakkrieg – Etiketten ohne Erinnerung. Vierzig Schritte weiter stehe ich an der Stele, die mich vor Wochen so angesprochen hat. Eine Ewigkeit, kommt mir nun vor, liegt das zurück. Drehe mich um, ermesse, wie gering die Wegstrecke ist, im Unterschied zu ihren Positionen. Standfest und schnörkellos erschien mir dein Stein einst. Schaue nun kritischer. Zum ersten Mal fällt mir auf, dass aus dem *s* in deinem Vornamen ochsenblutrote Farbe gequollen ist. Eine Tropfnase, keinen Zentimeter lang, quillt geronnen aus der Form. Der Auftrag scheint neueren Datums. Jemand kümmert sich um dieses Grab. Ein Münchner Original wirkt nachhaltiger als ein Münchner Liberaler und Friedensaktivist. Vielleicht ist das Licht günstig, vielleicht bin ich weniger eingenommen, zum ersten Mal erkenne ich weitere Buchstaben. Unlesbar, zu verwittert, um sie sicher zu rekonstruieren. Wurde die Stele nach Kriegsende nachlässig geschliffen, schnell der Wiedernutzung zugeführt? Der Denkstein für das Original in Wahrheit ein Palimpsest.

o Tauben

16. Oktober – *23 Grad. Sonnig. Eins bis zwei.* Lass doch gut sein mit all diesen Geschichten. Gemming, Kolb, Jörg, Greil, was hat das mit dir zu tun? Obendrein Kriegsarchiv!

Hattest du nicht anderes im Sinn? Am Himmel Kumuluswolken. Wattebäusche tupfen unbeschwert ihre Schatten in die Felder. Durchstreife das Geviert, kreuz und quer. Einige Blätter erkennbar über dem Zenit. Besonders die Schwarznuss. Als geriete ihre verbleibende Zeit zu knapp, eilt sie dem Herbst geradezu voraus. Rasant früh bestimmt ihr Chlorophyll den Lauf der Blätter, gewinnt flackernd an Tempo, zeigt Spuren wilder Fahrt. Wie getrieben jagt ihr Racing Green hinüber zu Limone, der Farbsprint erreicht jäh, kurz, glänzendes Ährengold, streift Buttermaiskolbengelb, durchrauscht vergorene Säfte süßen Mosts, durchbricht endlich das Ziel. Gezeichnet fällt es zu Boden. An den Seitenspreiten gesprenkelt, längs der Nervatur krisselige Ausschläge, überall Sommersprossen. Reich belebt ins Ende. Schussfahrt.

1 Schwarznuss, lebenssatt

17. Oktober – *19 Grad. Sonnig. Halb drei bis halb vier.* Über Bäume und Räume nachgedacht. Kaum ein neues Gebäude, kaum ein Grab, dessen Grün nicht zu dicht steht an Haus oder Stein. Ihr Wuchs verkrüppelt früher oder später. Wo man hinschaut, kleines Karo, orientiert am schnellen, naheliegenden Erfolg. Zukunft ist immer sofort, Vision, was war das noch? Wir lassen uns keine Zeit mehr zu wachsen. Dabei ist eine große Idee wie ein großes Kleid. Ein Raum mit Saum. Eine Zugabe, in die Spätere hineinpassen können. Der Verdacht des Größenwahns oder der Ideologie reißt allem, was über uns hinausweisen könnte, die Wurzel aus. Europäische Einigung? Internationales Generationenprojekt? Planetare Gemeinschaft? Vergiss es! Nahraumverdichtung. Schrumpfzeit. Kleinklein.

o Abstände
o Größe
o Vision

***18. Oktober** – 20 Grad. Sonnig. Halb eins bis halb zwei.*
Die Bäume der Tengstraße, Ahorne zumeist, betten ihre Blätter in schwarzes Geäst. Als hätte ein Künstler sie mit Ruß oder Kohle gemalt. Expressionistisch der Strich, kraftvoll, pastos, uninteressiert an allen allzu genauen Konturen. Dottergelb sind die Blätter geworden, sie erhöhen den Kontrast zu den dunklen Stämmen und Ästen. Die Gehwege markiert mit Strichen. Vorerst haben die Straßenarbeiter den Grund nur aufgerissen, bald werden

sie das pechschwarze Bitumen ausschütten und die heißen Brösel plattwalzen. Die Hohepriester der Bodenverdichtung feiern die Wandlung stets zu viert. Der erste wird die kochende Masse in einer Rußwolke auskippen, ein weiterer sie mit grobem Besen verteilen, ein dritter mit einer Handwalze glätten, ein vierter das Gemisch mit Wasser taufen. Schwaden stechenden Dampfes werden aus der tiefschwarzen Platte zischen. Die Handgriffe bringen mir eine Straße zurück, glühend der Abschnitt vor unserem Haus. Einen Sommer lang schwitzten dort Männer, hantierten wortkarg auf dem Asphalt, assistiert von orange-gelben fauchenden Maschinen. Absperrungen gab es keine, eine mit Kreide gemalte Linie war damals Grenze genug. Nicht weit davon entfernt sprangen wir Kinder in Himmel-und-Hölle-Kästchen. Karos auch auf dem Küchentisch. Ein Wachstuch, ein Frühstücksbrett, eine Stulle mit Rübenkraut. Störrisch, geradezu verstockt langsam, dringt der Wurzelsaft in die Poren. Im Zeitlupentempo sinkt seine Schwere auf Grund. Was wird der Sirup als Nächstes tun: kleine oder große Inseln bilden, löchrige Kontinente schaffen, nachtschwarzer Rochen sein? Die klebrige Tunke überrascht immer wieder. Manchmal zieht sich ihre Oberfläche zu einem glänzenden Klops zusammen. Ohne dass ich verstünde, warum, schrumpft sie, kann sie sich praller machen. Dann wieder wächst sie unterirdisch, verwandelt sich in einen großen Polyp. Wenn ich die Brotscheibe so langsam, wie ich kann, vom Brettchen anhebe, dehnen sich die Krakenarme, werden immer länger, immer dünner, doch die Verbindung hält. Einmal flutscht das ganze Ding aus den Fingern, die Sirupseite landet am Boden. *Mit Essen spielt man nicht!*

22 Ahorne
1 Straße wie gemalt

19. Oktober – *23 Grad. Bewölkt mit sonnigen Abschnitten. Drei bis vier.* Die Scheinfrüchte noch immer vollkommen, hier im Freien genau wie zuhause. Nur ihre dunklen Sternennebel haben sich verdichtet und zu einer marmorkuchenen Scheckhaut ausgebaut. Eine veritable Vitiligo. Außen fest, duftet die Schale zitronig-ätherisch wie eh und je. Die braunen Stellen bilden keinen Geruch, meine Menschennase hält sie für geruchsfrei. Stiel und Knopf drängen aus der Frucht heraus, treten über ihre Grenzen, was aber täuscht, es ist der Fruchtkörper, der schrumpft. Verfall erzeugt seltsame Auswüchse: Je langsamer ich werde, desto mehr beginnen mich die Verstöpselten zu stören. Seit Wochen bin ich nicht im Luitpoldpark gewesen. Jahr für

Jahr liegt er fester in der Hand der Gesunden und Aktiven. Schon früher gab es Jogger, Radler, Turner, im Winter auch Schlittenfahrer. Heute sind Freizeitkicker, Nordic Walker, Slackliner, Mountainbiker, Jogger, Circle Trainer, Luftboxer und Yogis die Regel. Sogar deren Hunde im Agility-Training. Pro Tag zählte ich zuletzt mindestens drei, einmal knapp dreißig. Nach den Bobtails und West Highlands kamen die Labradore, es folgten Golden Retriever und Pitbulls, dann Huskys, Portugiesische Wasserhunde, Mopse, Rhodesian Ridgebacks, Weimaraner und Goldendoodles. Die Hunde meiner Kindheit, Collies, Pudel, Dalmatiner, Doggen, Chow Chow oder Schäferhunde, sehe ich kaum mehr. Nur Dackel und Irish Setter haben sich gehalten. Vielleicht, weil sie zur Jagd verwendet werden. Neulich erstaunt einen Cockerspaniel gesehen. Die rosa Tütchen mit den Häufchen landen brav im Abfall. Blöd nur, dass die neben den Bänken stehen. Bei schönem Wetter erblüht kotiges Aroma. Auf dem Alten Nördlichen sind Hunde verboten. Überall hängen Schilder, bisher halten sich die Besucher daran.

2 Krähen
2 Tauben
0 Radfahrer
0 Hunde

20. Oktober – *18 Grad. Sonnig. Halb elf bis halb eins.* Das Radio meldet: In Frankfurt und Hamburg experimentiert die Friedhofsverwaltung mit Grabpatenschaften. Paten oder Patinnen kommen für Restaurationskosten auf, sorgen dafür, dass die Grabstätten nicht einwachsen oder verwahrlosen. Dafür dürfen sie sich einst selbst in der umsorgten Grablege betten. Auf eine Inschrift im historischen Stein müssen sie verzichten. Eine zusätzliche kleine Tafel gilt als zulässig. Was hieltest du davon, Premier? Ob es dir recht wäre? Deine Knochen längst Humus. Genährt von hundertachtundzwanzig Herbsten, Abermillionen Kleinstlebewesen, die dich verzehren. Und ich, wie stehe ich dazu? Mir gefällt der Gedanke, dass ich mit zwei Toten hier Verabredungen habe. *Niemand, sagt Pascal, stirbt so arm, dass er nicht irgend etwas hinterläßt. Gewiss auch an Erinnerungen – nur dass diese nicht immer einen Erben finden.* (Walter Benjamin)

1 Assel vor meiner Bank

21. Oktober – *12 Grad. Bewölkt, zwischendurch heiter. Halb zwei bis halb drei.* Noch habe ich ihn nicht gesehen, aber ich höre den Specht, wieder und wieder. Mit seinem abgekanteten Schnabel meißelt er tiefe Löcher. Dass die Bäume das überleben, wundert mich. Aber noch mehr, dass der Vogel selbst keinen Schaden nimmt. Pro Tag hämmern Spechte gut zwölftausendmal gegen Holz. Mit einer Geschwindigkeit, die schon beim Zuhören taumeln macht. Forscher haben herausgefunden, dass Teile ihres gebogenen Zungenbeins nachgeben, wodurch der Aufprall abgefedert wird. Stoßdämpfend wirkt auch, dass der untere Schnabelteil etwas länger als der obere ist, an den die Energie des Aufpralls abgegeben wird. All das verringert das Risiko eines Schleudertraumas. Überlasse mich dem Klopfrhythmus. Das schnelle Pochen klingt hohl und dumpf zugleich. Als wolle es etwas ankündigen. Weit nach oben breitet der Schall sich aus. Von welchem Baum es kommt, kann ich nicht sagen, irgendwo hinter mir, das schon, dazu in etwa die Höhe, in der das Tier sitzen dürfte. Doch sosehr ich mich auch anstrenge, die Augen zusammenkneife, näher trete, ich sehe nichts. Zurück auf die Bank. Mein Blick fällt auf das Grab mit dem Reduplikationsstrich. In all deinen Veröffentlichungen lässt du dich mit zwei M drucken. Warum weicht der Steinmetz davon ab? Womöglich ist er mit Strich besser lesbar, I und N verwachsen leicht zu einem m. Auf die Entfernung könnte es zusammenfließen und wie Gemmmg aussehen. Die Zeile *Hier ruht ein „Münchner Original“* hat der

Steinhauer rund, in Antiqua, den Namen gebrochen, in Schwabacher oder Fraktur ausgeführt. Die Stele erscheint dadurch fast wie eine Anschlagsäule mit Plakat. Vor- und Nachname größer geschrieben als der Rest, gefährlich weit bis an den Rand. Name und Zahlen mit Keilnut gegratet, alle Buchstaben mit Steinfarbe gefüllt. Wegen der Witterung müssen sie immer wieder nachgetönt werden. Von Hand etwa jedes fünfte Jahr. Keilschrift immer schön, vertieft-erhaben, so die Auskunft eines Steinmetzes am Telefon. Wollte mich mal beraten lassen, unverbindlich, für einen Onkel, lüge ich den Mann an. Den ausgemachten Termin lasse ich verstreichen. Seit Studienzeiten habe ich über diesen Reduplikationsstrich nicht mehr nachgedacht und nun, kaum, dass ich ihn hier wiederfinde, druckt eine Zeitung Unterschriften berühmter Autoren. Hesse schrieb seinen Vornamen Herman̄, also auch mit Strich. Oben auf einen der Packen im Wohnzimmer habe ich die Ausgabe gelegt, dort wächst der Stapel, den ich noch lesen will. Lesen werden kann. Alles Übrige für St. Nimmerlein. Fast einen Monat alt, vom 26. September, ist das Exemplar. Ich blättere zurück. Der Tag, an dem ich nachzuforschen begann. Nur was in unseren Weltausschnitt passt, nehmen wir wahr. Was entgeht unserer Camera obscura noch? Der Artikel handelt vom Verlust des manuellen Schreibens durch digitale Geräte und dem Auferstehen der Chirografie in Schulungskursen. Es gibt jetzt Handschrift-Coaches. Deine Signatur auf dem Cover endet in einem schwungvollen Unterstrich. Wie du wohl in Briefen geschrieben hast? Ob sich irgendwas davon erhalten hat? Verwahrt jemand deinen Nachlass, liegt er vergessen zwischen Konvoluten oder löste er sich schon vor Zeiten in Luft auf?

1 Specht, nur gehört

22. Oktober – *13 Grad. Bedeckt.* Schwer geträumt, doch ohne dass ich mich an etwas davon erinnern könnte. Brauche, um zu mir zu finden. Wenn Tod und Leben gleich weit sind, wohin soll ich gehen? Zum Alten Friedhof oder zum Luitpoldpark? Nach Norden oder nach Süden? Gehöre zu denen, die an Scheidewegen irre werden. Kein Besuch heute.

23. Oktober – *16 Grad. Heiter. Drei bis vier.* Wieder besser zurande. Freue mich auf meinen Weg ins Geviert, was auch immer mich dort erwartet. Jeder Tag ist anders, jede Pflanze, jeder Stein, jedes Grab verändert sich und sei es minimal. Identität eine Frage von Zeit, von Unterbrechungsfreiheit. Fehltage fördern die Wahrnehmung von Differenz. Seit Ende letzter Woche lösen sich die Fiederblättchen an der Schwarznuss. Herbstspröde geworden, richten sich ihre gesägten Seitenkanten leicht nach innen. Die Blattspreite kommt mir jetzt vor wie ein gebauchter Bootsrumpf. Wagemutig ragt die zur Nadel vertrocknete Spitze hinaus ins Meer. Der Bugspriet sticht ins Weite, die Reling zeigt Zacken, winzige, am Lauf ausgesägte Widerhaken, stark genug, jeden Windstoß zu malträtieren. Durch den Abriss der Luftströmung ruckeln die Fiedern auf der Thermik. Zwecklos, es zu dokumentieren. Immer zu spät den Ausschnitt im Sucher geschärft. Stets fallen sie dort, wo ich nicht bin. Frustriert lege ich das Handy zur Seite, schaue mit bloßen Augen, nehme, was kommt. Plötzlich, etwa anderthalb Meter entfernt von meiner Bank, gleitet ein goldbraun gescheckter Nadelschwanzguppy im Wind. Sein gezackter Leib pulsiert, tanzt auf mich zu, er flirrt und zuckt, vibriert auf der Stelle, geladen mit Energie. Zittrige Schläge bewahren ihn in der Horizontalen, seine Nadel steuert den acht Zentimeter großen Leib. Unmöglich zu sagen, wie lange der Tanz währt. Fühle nirgendwo Zeit, dafür überall Lebendigkeit. Um uns ein Meer aus Luft und windigen Wellen. Als der Guppy zu Boden gleitet, verharre ich regungslos. Nie wieder, weiß ich mit einer Klarheit, die mich ganz erfüllt, kann ein Blatt so unmittelbar Fisch und Nicht-Fisch sein, so unmittelbar Blatt und Nicht-Blatt sein. Vorsichtig nehme ich den trockenen Leib auf, meine etwas zu ahnen von dem, was über alle Phänomene hinausweist. Mit Logik allein ist hier kein Beikommen. Nur *wie* über Sprache hinaussteigen, die Leiter wegwerfen, Wittgenstein? Schweigen? Staunen?

1 Blatt
0 Blatt
1 Fisch
0 Fisch
1 Urgeschöpf
0 Urgeschöpf

24. Oktober – *15 Grad. Heiter. Vier bis fünf.* Am Himmel noch immer Farbsalven. Die äußeren Spitzen als Letztes erfasst. Einige Bäume verlieren ihr Laub von einem auf den anderen Tag. Dort, wo eine Krone frisch ihr Blattwerk abgeworfen hat, sind ausladende Seen entstanden. Darin kleine Eilande, seltene Inseln der Seligen. Wie in einem Vexierbild hat sich auf das Genaueste verkehrt, was fester und was schwankender Grund sein soll. In raschem Wechsel zwischen Anziehung und Abstoßung fliegt eine Wespe meinen Kopf ab. Immer wieder nah, fern, nah, fern, nah, fern. Regungslos halte ich Kladde und Stift, bis das Tier von mir ablässt und die Jogger vorbeigelaufen sind. Angst habe ich keine. Stelle mir die Szene von außen vor, wie die Wespe still, aber emsig ihre Bewegungen in der Luft ausführt. Seismografische Ausschläge, ein in den Himmel geschriebenes Elektroenzephalogramm.

2 Krähen, Feld fünf
1 Eichhörnchen, Feld sechs
1 Blättersee
1 Blätterland
3 Jogger, verstöpselt
1 Wespe

25. Oktober – *18 Grad. Bewölkt. Halb zwölf bis kurz vor zwölf.* Vom nördlichen Tor dringen die Männer ein. Alle: dunkle Mütze, schwarzer Rucksack, grüne Hose, schwere

Stiefel. In der rechten Hand maschinengewehrlange Rohre, die Mündung nah am Boden geführt. Knapp einen Meter lassen sie zwischen sich Platz. Wie Flächensuchtrupps durchkämmen sie das Gelände, schieben sich parallel durchs Feld, die Rohre Schritt für Schritt in Halbkreisen vor sich schwenkend. Ohrenbetäubender Lärm umtost ihr Manöver. Aufgepeitscht von über 300 Kilometern Luftgeschwindigkeit pro Stunde steigen Blätter, Baumfrüchte, Insekten, Spinnen, Gliederfüßer, Würmer und Weichtiere steil in die Luft. Die Wucht der aufprallenden Luft erzeugt einen heftigen Rückschlag, die lose biologische Masse treibt in jäher Explosion nach oben, schießt in alle Richtungen auseinander, fällt herab, klatscht zusammen, stiebt angetrieben von neuen Luftsalven hoch, strudelt weiter, ohnmächtig gegen die Kraft der PS. Die Luft zweitaktmotorig, benzinschwanger. Präzise zwingt das Gebläse die Materie ans Ziel, schiebt die Biowelle an die Geviertränder, wo sie strandend erstirbt. Schaufelraupen türmen daraus organische Halden, pressen ihre breiten Reifenprofile in die leergefegten Wege. Unterdessen starten die Männer ihren zweiten Durchlauf. Getrennt voneinander nehmen sie Ziel auf einzelne Bäume, bringen Schwarzpappel, Sommerlinden, Birken, Rotbuchen, Eschen, Hasel, Zuckerahorn und Schwarznuss um Haltloses. In Sekunden liegen die Rotunden bloß, ausgeputzt, nacktgrün auch der Rasen, beschämt, herbstfremd. Ein Spülsaum letzten Laubs zwischen Weg und Geviert. Nach und nach ziehen die Männer sich zurück. Aus den Straßen jenseits der Mauern weht schwächer werdendes Motorgeheul, irgendwann hat der Lärm ein Ende. Betäubt schaue ich auf Feld fünf. Es kauert verlassen. Von den Vögeln, die hier zuhause sind, kein einziger Laut. Eichhörnchen, sonst neugierig und zutraulich, bleiben in Deckung. Als müsse die Luft erst rein werden, bevor sie ihr Gebiet zurücknähmen, neu besiedelten. Eine Krähe wagt sich als Erste vor, die Halden aus Laub bergen Insekten, Würmer und Kleinstlebewesen. Die, die das Manöver überlebt haben oder deren Larven an der Unterseite der Blätter haften, sind nun leicht zugänglich.

1 Krähe, profitierend
4 Laubbläser, raubsaugend
1 Raupenfahrer

26. Oktober – *11 Grad. Sonnig. Neun bis neun dreißig.*
Brauche, um mich an das neue Bild zu gewöhnen, den Überfall von gestern zu verdauen. Das Geviert mit seinen

geräumten Rasenflächen erscheint mir fremd. Als hätte jemand den Film zurückgespult. Eben waren Farben, Temperaturen und Laub noch in Herbststimmung, nun bringen der blaue Himmel, der leichte Wind und die Sonnenstrahlen beinahe den Sommer zurück. Neunzehn bis einundzwanzig Grad sind vorausgesagt. Als einer der Laubjäger sich meiner Bank näherte, klopfte er beschwichtigend mit der Hand in die Luft. In seine Arbeit versenkt, blies er mit Abstand um mich herum. Am Zwiesel und in Feld acht nicht abgeholte Laubhalden. *Was macht die Stadt mit Laub* gegoogelt. 45 Liter kompostierte Erde kosten zwischen 7,90 Euro und 8,60 Euro. Wer selbst abfüllt, spart. Im Sortiment: Naturmarketing und kompostierbare Adjektive.

Münchner PFLANZERDE für ***Garten,***
Gemüse & Hochbeete*, besonders nährstoffreich,*
stark torfreduziert, 18 Cent pro Liter.
Münchner BLUMENERDE für ***Zimmer,***
Balkon & Terrasse*, universell einsetzbar,*
stark torfreduziert, 18 Cent pro Liter.
Münchner BIOERDE torffrei für ***Gemüse,***
Kräuter & Blumen*, ideal für ökologisches*
Gärtnern, torffrei und in Bioqualität,
19 Cent pro Liter.

Das Einzige, was sie nicht anbieten, ist:

> *Münchner ORIGINALERDE für* ***Friedhöfe, Leichenfelder und letzte Stätten****, ideal für rückstandsloses Verwesen, in Bioqualität, 0 Cent pro Liter.*

Es gibt ein Patent auf eine möglichst schnelle organische Kompostierung. Im Wesentlichen beruht es auf Eintauchen des toten Körpers in flüssigen Stickstoff, was zügige Pulverisierung statt langem Verwesen und Verrotten erlaubt. Umweltschrotte wie Sargbeschläge, Zahnkronen oder künstliche Titangelenke werden gar nicht erst mitbeerdigt. Emissionen dadurch, anders als bei der Verbrennung, deutlich reduziert. Die Apparatur arbeitet platzsparend, braucht nur 27 Quadratmeter für alle Prozessschritte: Trennung des Körpers vom Sarg, Gefriertrocknung des Leichnams bei minus 196 Grad, minutenschnelle Zerrüttung durch Vibration, dann Wasserentzug und Herausfiltern von Metall, schließlich Umfüllung der zurückbleibenden Trockenmasse in eine biologisch abbaubare Urne aus Maisstärke. Nur noch dreißig Prozent des vorigen Feuchtgewichtes enthält das geruchsneutrale Pulver. Da die Urne in oberen Schichten eingegraben werden darf, entsteht viel schneller fruchtbarer Humus. Die Erfinderin, Susanne Wiigh-Mäsak, eine schwedische Biologin, verstarb. Ihr Verfahren, Promession genannt, wird weitergedacht, ohne sie. Der Kreislauf des Lebens geschlossen, nur schneller, wie alles zuletzt.

1 Reset
2 Wespen
2 Spinnen
1 Assel
1 Schabe
1 Humus

27. Oktober *– 16 Grad (schon um halb neun warm und sonnig).* Im Radio wird der Anstieg auf 22 Grad vorausgesagt. Ein Sonntag wie geputzt. Himmel hellblau, Sonne satt, Luft mild, Geviert unberührt. Nur wenige Blätter am Boden, schade um die verlorenen. Ich frage mich, ob sie je von der frischen Bio-Erde etwas zurückbringen? Noch sind Birken, Ahorne, Schwarzpappeln, Eichen, Buchen und Linden blätterreich, vielleicht lassen sie die nächsten Abwürfe ja liegen. Von oben betrachtet, male ich mir aus, müsste das ein wogender Farbteppich sein. Das morgendliche Licht schlägt durch die Kronen, legt gleißende Schrägbänder auf den Rasen, lässt manche Kante aufleuchten wie am Jüngsten Tag. Das große Versprechen der christlichen Religion. Auferstehung. Tod, wo ist dein Sieg? Einige Grabmale tragen Reliefplatten mit erwecktem Christus, andere, wie ihm ein Engel den Kelch reicht, wieder andere die Pietà. Sag, Dichtersoldat, woran bist du gestorben? War es ein schwerer Tod? Ein schneller, ein leichter? Mit sechsundfünfzig lebst du immerhin länger als der Durchschnitt. Um 1890 sterben Männer mit zweiundvierzig, Frauen mit achtundvierzig Jahren. Vor zwei Dekaden lag die Lebenserwartung bei achtzig, heute liegt das Mittel bei hundert Jahren. Hundert Lenze, sagt man so was überhaupt noch? Mein eigenes Ableben ein Ausreißer in der Kohorte, statistisch nicht relevant. Wissenschaftler in aller Welt wollen den Tod das Fürchten lehren, ihm als bloße Verschleißerscheinung endlich den Garaus machen. Dereinst könnte es ein Luxus sein, sterben zu dürfen, weniger körperlich als vor allem mental. Seit Informationstechnologie und Neurobiologie uns bio-semiotisch rekonstruieren, verändert sich das Gehirn zu einem Computerprogramm. Gesteuert wird es von Algorithmen. In meinem Kopf Malware. Irgendwann sollte sie reprogrammierbar sein. Wissenschaftler forschen längst an Gehirngewebe in

Petrischalen. Sie wollen Glioblastome züchten. Ihre Hoffnung, personalisierte Medikamente. Das Ganze wird dauern, Pech gehabt.

2 Krähen
2 Tauben
8 Meisen

28. Oktober – *8 Grad. Bewölkt. Vierzehn bis fünfzehn Uhr.* Montag. Starker Temperaturabfall. Nun also doch. Telefonat mit dem Kriegsarchiv. Öffnungszeiten des Lesesaals in Reichweite. Die schwere Tür zu dem Gebäude aus dunkelrotem Backstein öffnet sich automatisch. Dank einer Rampe barrierefrei. Muss an früher denken. Menschen mit Arm- oder Beinprothesen. Die Ersatzglieder, genau wie die Glasaugen, die sie trugen, waren auf befremdliche Weise realistisch, zu starr, um als echt durchzugehen. Auf die Frage, was *das* sei, warum jemand *das* trüge, gab es schmallippige Antworten. Die *Invaliden* hätten ihr Auge, ihre Hand, ihren Arm oder ihr Bein im Krieg *verloren*. Es verstand sich von selbst, dass diese Körperglieder nie wieder aufzufinden sein würden, auch nicht, wenn man, wie sonst in vertrackten Fällen, den heiligen Antonius um Beistand bat. Es musste sich also um ein ungültiges, eben invalides Verlieren handeln. Ich konnte mir darunter wenig vorstellen, erst recht nicht, wenn es mit erkennbarer Beklemmung hieß, ihre Muskeln seien wohl von Splittern versehrt worden. Die Splitter, die ich kannte, wurden mit Pinzetten entfernt, ohne dass dabei die ganzen Gliedmaßen verloren gingen. Anstalten, das Rätsel aufzuklären, machten die Eltern nicht. Ich unterließ es, weiter zu fragen. Im Gang des Kriegsarchivs sehe ich einen Mann durch eine Bürotür verschwinden. Das große Treppenhaus ist menschenleer, der ganze Trakt wirkt wie ausgestorben, in der Luft liegt archivaler Geruch. Die Anmeldung, sagt ein Schild, befinde sich im ersten Stock. Oben am Empfang erklärt man mir das Wichtigste, händigt mir nach einigen Formalitäten und Unterschriften einen papiernen Benützerausweis aus. Ein Mann übernimmt die Archivabfrage. Die PO, wie er es nennt, die Datenbank mit den Personalakten der Offiziere, befördert zwei Funde zutage, einen August Gemming und einen deutlich älteren Karl. Ob das der Vater ist? Ein Theodor existiert in der PO nicht. Das Ausheben der Akte werde eine Weile dauern. Ich könne in der Bibliothek Platz nehmen. Es sei nicht ungewöhnlich, dass Akte fehlten, Teile des Archivs seien im Krieg zerstört worden oder beim Auslagern verloren gegangen. Während ich warte, beginne ich zu spekulieren. Hat dieser Spaßvogel seinen Bruder bloß erfunden? Schwer vorstellbar. Irgendetwas sagt mir, dass der verschwundene Bruder wichtig ist, bedeutsam. Er kann also keine Fantasiegeburt sein. Vielleicht weil sein Tod in Balan tragisch war. Nach kurzer Zeit sitze ich vor einem etwa fünf Zentimeter hohen Packen Papiere. Ein moderner Hefter schont einen Karton aus blauer Farbe. Darin Originale und Abschriften. Die historische Personalakte des Münchner Originals. Der Moment fühlt sich seltsam feierlich an. Fast kann ich nicht glauben, dass ich die Dokumente einsehen darf. Große Lettern geben einen *Act des Königlichen Kriegsministeriums* zu erkennen. Oben links befindet sich ein Aufkleber *Reponiert,* darunter handschriftlich *verstorben*, oben rechts handgeschrieben *Officiere*, darunter, durchgestrichen, *Junker*. In den Freiraum in der Mitte des Deckblatts hat ein Beamter des Königs acht Jahreszahlen nebst knappen Stichworten zur Vita vermerkt. Es kostet mich etliche Zeit, die Kanzleischrift zu entziffern.

Gemming, August

1858 Junker im 5. Infanterie Regiment

1859 Unterlietn. im 5. Infant. Regiment

1865 *zum 14. Inf. Regmt. versetzt*
1866 *Oberlt.* [ebda.]
1867 *versetzt zum 12. Infant. Regt.*
1871 *pensioniert*
1882 *Entziehung des Rechts zum Tragen der Militäruniform infolge Ehrengerichtl. Verfahrens durch Abtlg.* [unleserlich] *d.d. 9.II.82*
1893 gestorben

Das erste Dokument, das obenauf liegt, ist die Kopie der Sterbeurkunde, eine Mischung aus vorgedruckten und handschriftlich ausgefüllten Bestandteilen. Unter der Nr. 967 cC vom 24. Februar 1893 hält diese fest:

> *Vor dem unterzeichneten Standesbeamten erschien heute, der Persönlichkeit nach durch genügende Legitimation anerkannt, der Dienstmann Josef Huber, wohnhaft zu München, von der Tannstrasse 23 und zeigte an, dass August Karl Gemming, ledig, königlicher Premierlieutnant ausser Dienst, 56 Jahre alt, katholische Religion, wohnhaft zu München, geboren zu Rothenberg, Bezirksamt Hersbruck, Sohn des pensionierten Oberst und Stadtkommandanten Karl Gemming und dessen Ehefrau Nannette, geborene Visino, beide zu Nürnberg verstorben, zu München*

in der angezeigten Wohnung am 14. Februar des Jahres tausendachthundert neunzig und drei Nach mittags um vier ein viertel Uhr verstorben sei. Verlesen, genehmigt, unterschrieben Joseph Huber. Der Standesbeamte. In Vertretung Kilian.

In Nürnberg also starben die Eltern, der mütterliche Name verheißt französische oder italienische Ursprünge. Von einem Bruder keine Rede. Zwischen Sterbedatum und Ausstellungsdatum liegen zehn Tage. Ist das nun schnell, langsam oder üblich zur damaligen Zeit? Das zweite Dokument ist ein *Grundbogen des königlichen Kriegsministerium No 21058*, eine Art Stammdatenblatt. Hier eine weitere Entdeckung. Als Jahr der Geburt wird der 10. September 1836 geführt. Auf dem Grabstein steht 1837. Weitere Vornamen August, Ernst, Paul, der väterliche Name wurde nicht notiert. Am Ende ein Schreibfehler, Karl gesagt, Paul gehört, möglich wäre es, der Kopist kurz abgelenkt. Vor den Stationierungen und Regimentern Vermerke. Für den Wechsel vom 5. Infanterieregiment Großherzog von Hessen in Bamberg zum 14. Infanterieregiment Zandt in Nürnberg notiert der Kopist lapidar *versetzt*. Weitere Gründe keine. Der Umzug zum 12. Infanterieregiment König Otto von Griechenland in Neu-Ulm erfolgt *durch Tausch.* Durch wen dieser veranlasst wurde, verzeichnet der Grundbogen nicht. Stopp, Otto von Griechenland, da war doch diese Sache mit Kolb und dem Militärkredit, oder nicht? Muss ich mir merken, will das später noch mal prüfen. Zwei Auszeichnungen, sogenannte *Dekorationen,* hast du laut Grundliste erhalten, das sogenannte Armeedenkzeichen von 1866 für den Feldzug gegen Preußen und die Kriegsdenkmünze für die Teilnahme am Deutsch-Französischen Krieg 1870/71. Lese quer, so gut es geht. Auf den ersten Blick jede Menge Korrespondenz im Umlaufverfahren. Pensionsansprüche, Heilbehandlungen, Atteste, Zuschüsse, Beurteilungen, auch, wenn ich richtig sehe, regimentsinterne Scharmützel. Zig Schriftstücke, darunter Bittschriften und Beschwerden, teils in dreifacher Ausfertigung, vorformuliert, umformuliert, ausformuliert. Bürokratie vor der Blaupause. Das wäre mal eine nützliche App, Sütterlin und Kanzleischrift wandeln, Stenografisches auflösen. In der staubigen Luft verweigern meine Augen den Dienst. Die Buchstaben wandern. An einigen Stellen fallen sie aus der Zeile, schaffen Leerräume, die da gar nicht sind. Meine Lesefähigkeit versagt. Oder schwindet mein Vermögen, mir ein Leben zusammenzureimen? Zurück mit der Tram. Ausstieg Friedhof, der Himmel grau. Zum ersten Mal fallen mir die Baumwurzeln auf, registriert habe ich sie oft, erst jetzt schaue ich sie wirklich an, denke über das Gesehene nach. Etliche liegen frei, haben sich, teils quer, übereinandergelegt. Schwer auszumachen, ob sie stützen oder verdrängen. Einige krallen sich im Boden fest, andere heben Gräber an, haben Steine gekippt, Kreuze geneigt. Das Wurzelwerk verläuft größtenteils unsichtbar, Teilstücke tauchen auf, hier eins, dort eins. Mitunter an weit entfernten Stellen, wie bei dem schottischen Ungeheuer, dessen Höcker nur teilweise aus Loch Ness herausragen. Manche Wurzeln ähneln Klauen eines urzeitlichen Warans, das Tier schreitet im Matsch, auf wenig festem Grund. Morastig unser Versuch, Leben zu deuten, nachgiebig überall: Verläufe, erst recht selbst erzählt – eine Schimäre namens Nessie?

1 Ur-Echse
1 Ungeheuer
1 Kraft, die Unterstes nach oben kehrt

29. Oktober – *Neun Uhr, zwölf Grad, bewölkt.* Reformationstag, Allerheiligen und Allerseelen stehen vor der Tür. Hier und da frischer Laubfall als herbstliche

Losung. Jemand hat hüftgroße Plastikterrakotten um das Hochkreuz aufgestellt. Alle vier Gefäße mit Chrysanthemen gefüllt, zwei Kübel gelb, zwei Kübel weiß. Einige Gräber schmücken Kränze der Landeshauptstadt, doch deines ist nicht darunter. Das Laubmanöver soll wohl der Sache dienen. Fraglich, ob im Himmel ein einziger Santo unter den Ognissanti weilt, den die verrottenden Blätter stören würden.

o Heilige

30. Oktober – Ohne Rücksicht das. Unnachgiebig treibt es seinen Meißel in die Knochenhaut. Eine Pickkante. Immer härter die Schläge, unbarmherzig wütet es, will raus aus meiner Hirnschale. Tränen schießen in die Augen ein, doch Weinen kann den Schmerz nicht abstellen. Schau dich um in dem Schädel, geh rein in diesen Schlagraum, höre den Hall. Deine Existenz ein Fehler, pocht die Pause zwischen den Stößen, ein Selbstbesamer, selbst schuld, selbst schuld, selbst schuld. Kein Besuch.

31. Oktober, Reformationstag – *6 Grad. Bewölkt, ein trübweißer Tag. Vier bis halb fünf.* Benommen aufgewacht. Die Tabletten wirken. Ist der Schmerz weg, verschwindet auch seine Spur. Ich weiß, dass er unerträglich war, aber wirklich nachspüren, erinnern, lässt er sich nicht. Taste nach einer Schwarznuss auf dem Nachttischchen. Warum sprechen wir immer nur von Früchten des Lebens, nie von den Scheinfrüchten? Familie, Karriere, Lebenslauf. Ist das wirklich der höchste Zweck? Gewesen-Sein, Leistung, Anerkennung. Etwas, das sich vererben lässt? Rechtfertigung im Druckbehälter. Dazugehörende Fragen, gezielt sterilisiert, Antworten eingemacht für lange Haltbarkeit. Erinnerungskonserven, sonst nichts. Trübsinnig raffe ich mich auf, brauche ewig zum Friedhof. Die Vorstellung, am Nachmittag in einem Rückgebäude zu sterben und erst Tage später vom Vermieter entdeckt zu werden, zehrt. Vielleicht fantasiere ich in die falsche Richtung. Am Ende war der Huber Joseph dein Freund. Doch etwas sagt mir, dass das nicht stimmt. Ich fürchte, *August Ernst Paul Gemming, ledig*, du starbst scheißeinsam.

2 Krähen
7 Schwarznüsse
3 Jogger
4 Passanten

1. November, Allerheiligen – *5 Grad. Trüb, regnerisch, elf bis halb zwölf.* Lenggries, Rothenberg, Nürnberg, Bamberg, Neu-Ulm. Die Reiseliste wächst. Nur meine Kraft wächst nicht mit. Schaffe es gerade zum Friedhof und zurück. Mittlerweile sehe ich in jedem Rücklicht eine Grableuchte. Von meinem Verschwinden dürfte zuerst das Kreisverwaltungsreferat Notiz nehmen. Weil das Geld für die Parklizenz überwiesen und nicht eingezogen wird. Was wollte ich nicht alles ordnen! Alles aufzugeben, befreit. Eben noch halbvoll, warnt das Display plötzlich: Akku leer. Will mir nicht Bange machen lassen davon. Kann ja bald ausruhen. Schnell an anderes denken. In der siechen DDR malten sich die Führungseliten allerhand Anschläge durch den Staatsfeind aus. Um im Falle eines Angriffs direkt zum Regierungssitz zu gelangen, beschlossen die Genossen, mitten durch den Jüdischen Friedhof in Berlin-Weißensee eine Trasse zu schlagen. Weg mit den Hinterlassenschaften. Weg mit Platanen, Gräbern, Denkmalschutz. Ihr eigenes Sterbeglöckchen haben sie dabei überhört, August. 1986 klingelte es zum ersten Mal. Unerschrocken kämpften Frauen gegen die Störung der Totenruhe an. *Frauen für den Frieden* nannten sie sich. Erhoben Beschwerde, gewannen Fürsprecher, protestierten, hatten Erfolg. Lärmen hilft eben doch. Der Jüdische Friedhof steht noch immer. Von wegen Geschichte wiederholt sich nicht. Die Schwarznuss hier draußen so gut wie entlaubt. Trotzdem hängen letzte Kugeln im Geäst, ausdauernd, wenn du mich fragst. So schnell fallen die nicht. *Es war eine Feste im Frankenland*, schreibst du in einem Gedicht. Als wolltest du den Ort deiner Geburt mythisch überhöhen. Oder seine Bedeutung bewahren. Denn die *von Oben* nehmen sich des Bollwerks an, anonyme Mächte der Staatsräson, Ungeister der Zweckdienlichkeit. Für sie ist der Klotz unwichtig geworden, ein bloßer *Punkt* auf der Landkarte, militärstrategisch ohne Bedeutung, Schlachten gewinnt man jetzt anders.

> *So hat man geschleift sie. Ich war just zwei Jahr – / Darum – wird mich Jemand befragen: / „Wo sind Sie geboren?" / Da muss ich ganz wahr: / „Ich hab keine Heimath" ihm sagen.*

Ach, Heimat, deine Steine. Es ist eben nicht egal, wo etwas beginnt, wo ein Leben entstanden ist. Nicht egal, wo es endet, wo ein toter Körper bleibt. Liege damit quer zum Trend. 2013 stimmten 59 Prozent der Aussage zu: „Ich brauche keinen Ort zum Trauern." 2017 sind es schon 72 Prozent.

4 Kränze
1 geschmücktes Kreuz
2 Krähen

2. November – *6 Grad. Feuchttrüb. Viertel vor drei bis vier.* Brauche für den Weg nun länger als sonst. Hatte damit gerechnet, irgendwann. So unmittelbar nicht. Auf dem Weg null Sitzgelegenheiten. Mache Pausen, so gut es geht. Werde mich an geistige Reisen halten. Über den Rothenberg gelesen. Einst Burg, später Festung, dann Knast. Ein bayerisches Spandau. Dein Vater Karl dort oben letzter Stadtkommandant. Danach wurde das Bollwerk abtragen, geschliffen, im nahen Nürnberg verbaut. Ob mit dem Namen Gemming dort etwas verbunden wird? Frage mich, wer über deine letzte Stätte entschieden hat. Warum ausgerechnet München? Wollte man dich in der Vaterstadt nicht beisetzen oder lag es am lieben Geld? In einigen Gedichten imaginierst du Grablegen, probierst literarisch Alternativen.

Ja Isarthal, du bist mei' Freud / Zu dir zogs mich herein – / Und wenn herum ist einst mei' Zeit / Grabt's in die Berg mich ein!

Das klingt nach Naturbestattung. Anders in den *Poetischen Verbrechen.* Dort eine Zeichnung zum Tod eines Militärs. Dieser liegt friedlich in einem noblen Holzsarg, am Rand ein wohlmeinendes *R.I.P. A.G.* Der Verschiedene trägt eine tadellos sitzende Uniform, zwei Dekorationen sind akkurat über dem Herzen drapiert, Schleppsäbel und Raupenhelm liegen ehrend auf dem Sargdeckel, dazu ein Kandelaber und eine Art Trauergemeinde inklusive zweier Katzen und einem Hund. Lediglich angedeutet finden sich im Hintergrund stereotypisierte Geldleiher, die anscheinend leer ausgegangen sind. Vorne links zeigt der grinsende Sensenmann auf ein Schild, unten rechts öffnet der Teufel den Sarg und wartet geifernd darauf, die arme Seele zu holen. Das beigesellte Gedicht *Gegen das Ende zu* formuliert:

> *Dem Sarge folgt mein Pinscher, / Zwei Katzen hintendrein / Die werden meine Erben / und dann wird Finis sein.*

Was hat dich dazu gebracht, den eigenen Tod so zu fantasieren? Ein halbironischer Ulk über die schöne Leich oder war es ein letztes Verspotten der Auferstehung, ein Feixen, den Schuldnern am Ende doch noch ein

Schnippchen zu schlagen? Warum sitzen zwei Hasen unter dem Schild? *Von Vielen gekannt, von Vielen verkannt, von Wenigen erkannt,* behauptet der Vers. Heißt das, der Sensenmann wird hier zum Ersten und Letzten, der den Verstorbenen erkennt? Mich erinnert das an den alten Brigge. Der bewirtete seinen Tod wenigstens noch. Vom Leib halten kannst du ihn eh nicht, es ist ja auch deiner. An der irdischen Geistlichkeit lässt keines deiner Gedichte ein gutes Haar:

> *O lass in meiner Sterbestund' / An's Bett mir keinen Pfaffen, / Der mich mit Weihrauch und Geheul / Will in das Jenseits schaffen.*

Einzig eine *Seelenwand'rung* mag das lyrische Ich sich vorstellen, tunlichst als *Schmetterling*, tändelnd, von Blüte zu Blüte oder gleich von Mund zu Mund. Weniger gern als *Fiakergaul*. Ob's aufwärts oder abwärts geht, könne *ganz schnuppe* sein, insofern auch der Falter zur Sinnenwelt zurückkehrt und vor allem die Aromen des Lebens zu erkosten und zu genießen sucht. Selten, dass Kultisches von der Pointe verschont bleibt. Andacht und Gebet gelingen nur in der Natur.

Sonntag-Morgen.

Es hallen die Kirchenglocken
Und laden zum Beten ein:
ich stehe auf hohem Berge
Ganz einsam und allein.

Da drunten wallet die Menge
Der dumpfen Kirche zu, –
Ich aber athme hier freier
In stiller Sabbath-Ruh'!

Hier halte ich meine Andacht
Dem Himmel näher und frei!
Nicht stört monotones Plappern
Und „fromm sein sollend" Geschrei!
Des Himmels blaues Gewölbe,
darunter der Vög'lein Schaar,
Sind meine stummen Zeugen,
Ein Felsstück ist der Altar.

Dort falte ich still die Hände
Und sprech' ein Gebet – gar klein, –
„Herr! Alles, was ich liebe
O laß es recht glücklich sein!"

Vom Herz nehm' ich – und küß' es –
Ein gold'nes Medaillon!
Und blick' es an – bis stille
Verklingt der Glocken Ton.

Dafür, dass der Tod uns eingeboren ist, behandeln wir ihn schlecht. Natürlich ist er allgegenwärtig, auf der Mattscheibe, im Radio, in Computerspielen, aber eher als Storymaker. Selten als der, der er in uns ist. Seit ich mit ihm rechne, sehe ich ihn. Nicht mehr als Mythos, der narrative Kraft verlor, wie dieser mittelalterliche Eintänzer mit Kurs auf die Ewigkeit. Ob Herrlichkeit oder Verdammnis, beide ad infinitum. Auch nicht renaissancistisch, als jenen Fluchtpunkt, der die Erde zum größten Bleibeort für letzte Gelegenheiten erklärt, sehe ich ihn. Zentralperspektivisch blind, treibt die Renaissance Himmel und Hölle vor sich her, gottgleich will sie alles selbst erschaffen, den Tod duldet sie bestenfalls Huckepack. Das postmetaphysische Zeitalter hat zwar aufgeräumt, sprich, Nietzsche, Freud, Darwin übergaben das kosmische Haus besenrein, sodass fraglich ist, ob noch mal Mieter folgen; die Aussicht verlor an Attraktivität. Dennoch, irgendetwas, irgendwer muss sein, logisch, materiell, kosmisch, metaphysisch. Wozu sonst all die Transformation? Der ganze

Aufwand, nichts als ökologischer Selbsterhalt? Von wem oder was ausgelöst? Wie entsteht ein unbewegter Beweger? Philosophie, Kultur, Wissenschaft und Geschichte sind Todverstehen.

1 Tod
1 Kosmos
1 Ewigkeit
1 Allerseelen

3. November – *12 Grad. Halb elf bis halb zwölf.* Wer die Totenruhe stört, macht sich strafbar. Krach spielt beim Tatbestand § 168 StGB keine Rolle. Mit Lautstärke hat die Störung nichts im Sinn, es geht um Schändung durch Vandalismus und durch Fledderei. Sachen wie Organraub, Entnahme von Feten, Klau von Goldkronen, Zerstörung der Steine, solche Taten. Die Toten selbst können es nicht, die Lebenden sorgen dafür, dass ihre Ruhe geachtet wird. Bis vor wenigen Jahrzehnten durften Stätten zur Aufbewahrung oder Beisetzung in Deutschland nur in Kirchen, Schreinen, Grüften, Kolumbarien oder Friedhöfen liegen. Die zweitausend Jahre alte Überzeugung, das Reich der Toten gehöre eingefriedet, löst sich gerade auf. Auch durch Friedwälder. Nur Seebestattung immer schon irgendwie verwässernd. Jedenfalls verdächtig nah an naturreligiösen oder pantheistischen Vorstellungen. Die Ozeane der Welt zu groß für unseren Verstand? Dabei schwebte doch SEIN Geist über den Wassern am Anbeginn der Zeit. Und heißt es nicht: auf hoher See in Gottes Hand? Rund um das Hochkreuz wurden die Treppenstufen mit Alufolie abgedeckt. Knapp vierzig Grablichter stehen dicht an dicht, trotzen vergeblich dem Regen. Die meisten erloschen. Nur kleine Kränze mit roten Beeren und ein Gesteck aus lila Astern leuchten. *Trinke dich satt in deiner Vase! / Ruhe sanft, / kleine Aster!* (Benn)

2 Eichhörnchen
2 Tauben
2 Krähen
4 Passanten
5 Jogger
1 Frau mit Kinderwagen

4. November *– 9 Grad. Feucht, bewölkt. Zehn bis elf.* Ich schlendere zwischen Grabmalen. Mache Fotos in alle Richtungen. Versuche letzte Blätter an Bäumen zu bestimmen, mir die Unterschiede mithilfe von Floribunda einzuprägen. Zuckerahorn, Feldahorn, Spitzahorn, digitale Steckbriefe. Eine Spinne hat ihr Netz zwischen einer Efeuranke und dem rauen Stein an deinem Sockel gespannt. Wie Glasperlen reihen sich die glänzenden Tröpfchen an zarten Schnüren aneinander. Weiter oben wandelt sich das filigrane Spinnwerk in ein taufeuchtes Gazetuch, es liegt da, als wolle es die Blätter dieser Stelle schützen. Ich spüre, dass meine Finger langsam steif werden. Lang verstorbene Bekannte kommen mir in den Sinn. Ihre öffentlichen Profile existieren noch immer, digitale Pinnwände sollen ihr Andenken lebendig halten. Ich selbst besuchte sie dort selten, spüre instinktive Scheu davor. Andere experimentieren längst mit Auferstehungsshows. The next big thing, After-Death-Industry. Technologie im Dienst digitaler Unsterblichkeit, nicht allein in Südkorea. Jene Mutter, die ihre Siebenjährige an eine Krankheit verlor und sie als Avatar-Tochter wiederfand. Es habe ihr geholfen, dass sie noch einmal mit ihr sprechen konnte. Ein Segen? Ein Horror? Das Ende des Trauerschmerzes? Der Beginn einer Sucht? Lebensecht vor allem ihr Schluchzen in der AR-Brille. Das hörbare Ergriffensein der Verzweifelten berührt mich. Elektronische Zwillinge überall. Schwangere, die Ultraschallfotos online stellen, ihre Niederkunft öffentlich erwarten. Angehörige, die ihre Sterbenden begleiten und ihr Andenken lebendig halten wollen. Ein Schwebezustand verbindet beide, die Ungeborenen sind noch nicht, die Toten nicht mehr da. *Immer mit Schauder seh' ich den kleinen gekrümmten Anfang der Menschen im Embryonenglas – die gefalteten Hände p.p. Was ist die Krümmung des Alters gegen die des Embryos.* (Jean Paul) Seltsam: Obwohl niemand weiß, wo wir vor dem Eintritt ins Leben waren, macht uns dieses Nicht-gewesen-Sein keine Angst. Warum also das danach? Nachmittags wieder Archiv. Als könnte ich hier etwas greifen, das sonst unbegriffen bleiben wird. In Attesten bescheinigen Ärzte der *Königlichen Militär-Sanitätscommission II*, ein Generalarzt Dr. Vogel und ein Dr. Kunstmann, körperliche Einschränkungen infolge von Einsätzen als Infanterist. Sekundäre Kriegsfolgen, Versehrungen, die schwer nachzuweisen sind. Ein Revisionsbericht vom 15. März 1873 hält fest:

> *Genannter Offizier wurde zwar schon im Jahre 1870 vor dem Kriege wegen Deformität an beiden Vorfüßen zum Halb-Invaliden erklärt. Durch seine Verwendung bei der mobilen Armee hat er sich jedoch ein neues Leiden, Rheumatismus der rechten Körperhälfte, besonders*

im Hüftgelenk zugezogen, an welchem er nachweislich vor dem Feldzug nicht gelitten, daher derselbe als durch den Krieg [unleserlich] *und zur Fortsetzung des activen Militärdienstes unfähig zu erachten ist.*

Kunstmann empfiehlt einen Aufenthalt in Bad Aibling. Ob du ihn antrittst und das nötige Genesungsgeld erhältst, bleibt mir unentzifferbar. Zwei Jahre später heißt es:

Der Premierlieutnant a.D. August Gemming consultierte im Laufe der vergangenen Winter den Unterzeichneten mehrfach wegen Rheumatismus der rechten Körperhälfte, als dessen Ursache die Strapazen der letzten Feldzüge angegeben wurden. Da nun das betr. Leiden schon Jahre lang bestand, und durch [unleserlich] *Mittel keine* [unleserlich] *Besserung erzielt wurde, wurden für die wärmere Jahreszeit warme Bäder oder Schlammbäder anempfohlen. Solches bescheinigt, Dr.* [unleserlich] *Kgl. Bair. Assistenzarzt.*

Womöglich hält dich die Armee für einen Simulanten. Ein Showmaker wie du kann viel erzählen. Ob in Bad Aibling oder Lenggries, wahr ist, der Herr Fechtmeister flunkert, was das Zeug hält. Von wegen Kampfsport. Fechten meint Geld eintreiben, wie ich jetzt endlich kapiert habe. Als *Gemming, Fechtmeister* narrst du uns schon wieder. Ein Wohlfahrtsverein, der seit 1880 Waisenhäuser errichtet und Hilfsbedürftige unterstützt, nennt sich Reichsfechtschule. Mitglieder, die viel einwerben, steigen rasch auf, vom einfachen Schüler über den Meister bis zum Ehren-Oberfechtmeister. Der einzige Notleidende, für den du mit der Büchse um die Häuser ziehst, bist du wahrscheinlich selbst. Was deine Leiden angeht, glaube ich dir dennoch. Schulden können krank machen. Einmal lieferst du ein Lehrstück über Verschuldung. Sein Titel: *§ Wechsel.* Ich fand es läppisch. Jetzt weiß ich, was mich daran stört. Der junge Spund, der den Wechsel mit dem Zinswucher unterschreibt, zeigt an keiner Stelle Einsicht. Unschuldig, unbedarft, ein Opfer von Gaunern. Vor mehr als zehn Jahren hast du 400 Gulden aus dem Offizier-Unterstützungsfonds empfangen, lese ich in der Akte. Ein Darlehen gegen Rückersatz, wurde es je getilgt? Der Königlichen Kommandantur gestehst du schwarz auf weiß, dass du mit nichts außer deiner Pension deinen Lebensunterhalt bestreitest. *Laut erhaltener Weisung melde ich gehorsamst, daß ich weder von einer Civilbehörde noch durch eine Privatstelle, ein Fixum, Tantieme oder Tagesgelder beziehe.* Trotzdem beschleicht mich eine leise Ahnung, dass du auch als Millionär dauerknapp bei Kasse wärst. Ein weiteres Dokument schaffe ich zu entziffern:

Betr: Pensions-Sterbe-Nachmonat des Premierlieutnant a.d. August Gemming. Mit 9 Beilagen. Adressat: das Königliche Kriegsministerium, Absender: Dr. jur. Hermann Knapp, Reichsarchivpraktikant. *Ehrerbietigst gehorsamst Unterfertigster, welcher als Stief-Neffe des am 14. vor. Mon. in völliger Mittellosigkeit verstorbenen Premierlieutnants a/D August Gemming die beträchtlichen Beerdigungskosten übernahm, stellt auf Grund der §39, Abs. III des Militärpensionsgesetzes (...), die ergebenste Bitte, ihm behufs teilweisen Ersatzes der Begräbniskosten die Zuweisung der Sterbenachmonate der Pension des Verlebten im Betrag von 130 Mark gütigst gewähren zu wollen.* Seine Bitte wird bewilligt. Dr. jur. kennt die Gesetze. Offensichtlich gibt es mindestens ein Stiefgeschwister nebst Kind. Womöglich existiert diese Linie noch. Sind sie es, die dein Grab unterhalten?

2 Krähen
3 Tauben
1 Spinnennetz
1 Specht, gehört
1 Frau mit Kinderwagen
4 Jogger
1 Flugzeug

5. November – *8 Grad. Bewölkt, einzelne Schauer, der Himmel Milch. Viertel nach eins bis zwei.* Eine schwer auf ihrem Rollator lastende Frau fragt, was ich mit dem Handy fotografiere. Ihr krummer Rücken lasse sie nur den Boden sehen. Meine Antwort: Laub. Sie lacht in ihre Krümmung. Ein weises, kicherndes Lachen. Sie weiß, dass noch jedes Blatt fallen wird, solange sie lebt. Ein Mann mit einer Kappe und einer Plastiktüte in der Hand nähert sich der Linde in Feld fünf. Er öffnet den unteren Nistkasten und füllt ihn mit Nüssen. Missfallen steigt in mir auf. Frei sollen die Tiere klettern, fliegen, suchen, schauen. Frei sich im Geviert bewegen. Nichts erwarten von uns Menschen, nicht uns mögen, weil sie Nüsschen erhoffen. Ich stehe auf und frage, ob er meine, dass die Tiere zu wenig natürliches Futter fänden. Ja, so seine Sicht, es gäbe kaum noch Eicheln, Haseln und Bucheckern hier. Zusätzliche Nahrung könne zu jeder Zeit helfen. Ich bin unschlüssig, wenig überzeugt, hänge den Hinweis, dass es Schilder gebe, in denen Füttern ausdrücklich untersagt werde, zu ihm in die Luft. Der Mann, nun übellaunig, empört sich über die Schilder, überhaupt die ganze Naturschutzgängelei. Ohne es näher auszuführen, lässt er Scherereien mit der Friedhofsverwaltung durchblicken. Allein, dass die da oben hierzulande gegen Rentner, die Tiere fütterten, vorgingen, allein das berechtige schon zu jeder Form von Widerstand. In Rage ergänzt er noch, dass die Stadt nun lauter Gorillas als Wachleute einstelle. In keinem anderen Land gebe es das. Eine Frau gesellt sich dazu, nickt. Sie kennt die Straße, in der die Behörde ihren Sitz hat, vielleicht auch die Gorillas. Offenbar mit ähnlicher Erfahrung. Vielleicht erhoffen sich die beiden Aktivitäten von mir. Schließlich wirft sie das Wort Erdnüsse in den Raum. Das wiederum weckt einen Einspruch des Mannes, Erdnüsse seien nicht gut, davon bekämen die Tiere Durchfall. Was ihn besonders ärgerte: Auf den Schildern werde von Wasservögeln gesprochen, vollkommener Unsinn, die hätten die Anzeigetafeln einfach vom Englischen Garten abmontiert. Wir trennen uns. Es stimmt, die Eichhörnchen sind zierlich, übermäßig genährt sehen sie nicht aus. Finden sie zu wenig im Areal? Der Mann war sich sicher. Er habe mit Tierstationen telefoniert, deutet an, wie viel Schlimmes die zu erzählen haben. Ich gehe nach Hause, bin unschlüssig. Sind Vögel und Eichhörnchen hier wirklich von Hunger bedroht? Sollten wir die Natur nicht viel mehr sich selbst überlassen? Die Pflanzen sind längst dabei, sich den Alten Nördlichen zurückzuerobern. Wenig spricht dagegen, dass es bei den Tieren anders sein soll. Dann muss ich an die

Laubjäger denken. Bucheckern, PS-stark weggeblasen. Bin gespannt, ob Bio-Humus jemals zurückkam.

2 Krähen
2 Eichhörnchen
2 Frauen mit Schirm
1 Frau mit Rollator, versenkt in den Blättern
1 Frau mit Regenkleidung
1 Tierfütterer
0 Jogger

6. November *– 7 Grad. Heiter bis wolkig.* Zuhause in den *Verbrechen* verfangen. Kontrast als Kompositionsideal. Derbes und Obszönes gezielt neben Gefühligem, auch Zartem. Deine Texte stellen Wortgeklingel bloß, gleich, ob von Geistlichkeit, Soldateska oder käuflicher Liebe. Erkennbare Topoi der Schwank- und Narrenliteratur. Das Gedicht *Ein Wort für Jedermann* empfiehlt, sein Schicksal anzunehmen, sich über das, was einem bestimmt, nicht resigniert zu erheben. Freude und Leid wechselten nun einmal ab, auf Regen folge Sonnenschein. Mann, Gemming, das ist reinste Poesiealbumpoesie. Welches Münchner Original hatte ich zu entdecken gehofft, einen Pazifisten mit Humor? Dieser dauerklamme Soldatendichter verherrlicht, was ihn nährt. Jawohl, du bist ein Kriegsverharmloser, ein Chauvinist, ein Gutzuredner. Und doch, deine *Poetischen Verbrechen,* die nach der *Etappe* erscheinen, sind womöglich subversiver, als es den Anschein hat. Gerade weil sie so viel durcheinanderwürfeln, vor kaum etwas Halt machen. Einer Reflexion auf Wilhelm von Preußen eine Elegie auf eine Sau, eine Hymne auf einen Senftopf oder einen Kalauer beigesellen. Der Alte Nördliche ist kein Nirgendwo. Alles findet hier statt. Ziviler Ungehorsam, joggende Glaubenssätze, steingewordene politische Überzeugungen. Woran soll man sich halten, wenn das meiste in Fluss gerät? Ich könnte deine Werke mit Zenon von Kition, dem Begründer der Stoa, lesen, genau wie mit Epikur, Marx, Freud. Mit Wittgenstein, Husserl, Heidegger. Mit Sartre und Bergson. Mit Dilthey, Gadamer, Blumenberg. Mit Foucault, Lacan, Deleuze, Derrida, mit Marina Garcés. Immer wieder staune ich über die Vielfalt der geistigen Blüten, ihre spontanen Mutationen, das Werden, Welken und Wiedererstehen philosophischer oder belletristischer Literatur. Noch nie erklärte eine Zeit sich selbst. Auch, wenn sie es versucht. Die Zeit gleicht jenem mythischen Wechselwesen Baldanders, dessen einzige Konstante der Wandel ist.

Sebald erinnert an den Mythos aus Grimmelshausens *Simplicissimus.* In seinen *Ringen* bringt er ihn mit Jorge Louis Borges und Thomas Brown zusammen. Schon Brown dachte darüber nach, ob nicht die eigene Wissenschaft vom *Verschwinden in die Obskurität untrennbar verbunden [sei] mit dem Glauben, dass am Tag der Auferstehung, [...] die Schauspieler alle noch einmal auf der Bühne erscheinen, to complete and make up the catastrophe of this great piece.* Who knows? Ich sicher nicht. Wer legt eigentlich fest, was wichtig bleibt, erinnert gehört, vergessen werden soll? Ein unleugbares Maß an Zufälligkeit eignet dem Geistigen, das nur von Idealisten als notwendig gedacht werden kann. Bergson definierte das Mögliche und das Wirkliche im Rahmen einer ununterbrochenen Schöpfung von unvorhersehbar Neuem. Er adelte das Virtuelle als das Geistige im Subjekt. Allein dieses leistet ein Wirklich-Werden, bringt ein unvorhersehbares gewisses Etwas mit sich, das alles verändert. Der Anschein von Dauer in dem, was wir Zeit nennen, ist eben nicht die Ansammlung aus bereits Gewesenem oder präexistent Bestehendem, sondern ständiges Neuschaffen. Kreisläufigkeit, mythische zumal, steht damit zur Disposition. Womöglich sind die ewigen Aufs und Abs infinit gekurvte Linien, die nie aufeinandertreffen. Gibt es überhaupt Wesentliches? Zumal Wesentliches, das wir denken können, ich meine *wirklich* denken. Sind es nicht viel mehr Denkmethoden, die sich wesentlich aus*wirken*? Die Geschichte des Denkens weckt Demut. Will ich dich verteidigen? Dir Gerechtigkeit widerfahren lassen? *Von Vielen gekannt. Von Vielen verkannt. Von Wenigen erkannt.* Bezweifle, dass Erkennen eines anderen möglich ist. Wir kennen uns ja selbst nicht. Allem verleihen wir nur rückwärtig Sinn. Überhaupt Sinn. Ein Narrativ, das uns von Tieren trennen soll. Dabei sind wir doch längst unterwegs in eine Sinnflation, womöglich eine Sinndiktatur. Was ist mit all jenen, die Sinn, bewusst oder unbewusst, nie anerkannten, denen Sinn wenig oder nichts gilt, Sinnverweigerer, Absurdvordenker, Sinnzerspalter? Sind sie Sehende? Mit Schrecken bemerkt, dass sich mein Gesichtsfeld verändert hat. An beiden Seiten fehlen gut zehn Zentimeter, Gesamtbild einschränkt. Kein Besuch heute.

7. November – *11 Grad. Sonnig. Elf bis zwölf.* Jetzt, da die meisten Kronen entlaubt sind, ziehen die Rinden meine verengten Blicke auf sich. Entblößt vom Schmuck tritt ihre rätselhafte Schönheit umso stärker hervor. Die Inschriften, die einige Buchen in sich tragen, wachsen meterhoch über dem Boden. Gleich einer Narbe, die mit der Zeit ihre Umrisse verliert, zerdehnt das allmähliche Aufschießen die eingeritzten Buchstaben und Herzen. Die Liebe franst aus, wenn sie größer wird.

1 gebeugter Jogger
3 Passanten
1 Spaziergängerin mit Coffee to go
2 Flugzeuge
1 Moped

8. November – *6 Grad. Bewölkt.* Im Netz gestöbert. Bildausschnitt zentriert, Randverluste ausgetrickst. Antiquarisch eine Ausgabe mit Autorenporträt, Widmung und Dichtersignatur ergattert. Schaue zum hundertsten Mal das Inserat im Netz an. Nichts als ein fleckiger Bucheinband mit Klebestreifen ist zu sehen. Über den Preis denke ich nicht weiter nach. Blättere in meiner Kladde, aufgeregt wie vorm ersten Date. Die Seiten füllen sich, doch die Leerlinien sind blank wie am ersten Tag. Greife zu einer Schwarznuss. Sie duftet zitronig, aber schwächer als sonst. Vielleicht insgesamt etwas herber, mehr nach Gerbstoff, Bitterem. Ihre narbenpockige

Haut verliert an Feuchtigkeit, die Oberfläche wird dichter. Ich schüttle die Kugel, um zu hören, ob der Kern gegen das Gehäuse schlägt. Nichts. Noch gibt es keine Anzeichen, dass die Faser innen am Austrocknen ist. In den USA, habe ich herausgefunden, lösen sie die Schale beim Aussäen nicht ab, sie schützt das Saatgut vor Kälte und hungrigen Mäusen. Die amerikanische Walnuss gilt als frosthärter als unsere europäische, weshalb sie öfters als Pfropfunterlage dient. Beste Ergebnisse erzielten Plantagen im Herbst, wenn sie die Nuss mit der Spitze nach vorne ins Erdreich brachten. Die Saatrillen etwa acht bis zehn Zentimeter tief, damit der Keimling Trieb und Wurzel möglichst grade entwickeln kann. Würde meine Zeit reichen, könnte ich die Nuss unter Glas bei 18 Grad vorziehen. Im März nach den Frühfrösten würde ich sie aussetzen. Zuhause müssen sie nicht mehr lange durchhalten, streng wird der Winter kaum noch werden. Entdeckung: Bis gestern dachte ich, die Schwarznuss sei ein reiner Zierbaum, vermutlich, weil die erste in einem Londoner Privatgarten gepflanzt wurde, 1629. Erst fünfzig Jahre später fand ein Exemplar seinen Weg nach Leipzig. Gelesen, dass *Juglans nigra* auch als Waldbaum wächst, sofern der Standort licht genug bleibt. Allerdings verschlankt der Wald ihre Krone erheblich. Ihr Holz changiert dunkler als das der europäischen. Während diese silbern, braungrau, rötlich oder braun aussehen kann, ist das der amerikanischen schokobraun und gleichmäßiger gezeichnet. Das Splintholz beider Baumarten legt sich hell um den dunklen Kern. Weitaus wertvoller als der Kern sind die knolligen Übergänge vom Stamm zum Wurzelwerk. Hier, im Stammkopf, formuliert der Baum ein Abstract seines Lebens, bewahrt die Essenz. Was bei anderen Bäumen den Wert mindert, ist bei Walnussgewächsen besonders gesucht. Ausgerechnet das Verwachsene belebt die Fantasie. Die vielen Vorzüge der *Junglandaceae* haben ihren Preis. Hart, aber nicht zu schwer, verzugsfrei und kaum quellend, dazu schwer entzündlich. Prunkmöbel, Nobelparkette, neuerdings auch Humidore, Luxuslimousinen, Tasteninstrumente schmücken sich mit Kröpfen, Knollen, Krümmungen. Doch wer kann die Maserungen wirklich lesen? Wie rätselhaft letztlich all die Flussläufe, Dünenränder, Tropfsteinhöhlen, Canyons. Und doch klingen die Erzählungen, die aus dem Schaft einer Armbrust oder Prachtbüchse treiben, anders als jene aus den Steinschlossgewehren der Füsiliere. Die Fachleute aus dem Archiv empfahlen, Todeslisten zu sichten. Wenn Theodor bei Balan gefallen sei, wäre das veröffentlicht worden, sagen sie. Wer versteht, wie eine Organisation funktioniert, weiß auch, wo man suchen muss. Zum

Glück alles digitalisiert. So verzeichnet das Kriegsministerium in seinen *Bayerischen Verlust-Listen* penibel die Opfer und die Orte ihrer Schlachten, sauber unterteilt nach *Verwundet* und *Todt*. Die Namen der Städte und Landstriche, die für zig Kriegsopfer stehen, rufen zuallererst blau-weiß emaillierte Straßenschilder in mir wach. Sedanstraße, Pariserstraße, Gravelottestraße, Weißenburger Platz. Längst steht das sogenannte Franzosenviertel für feines Wohnen und horrende Mieten. Das Treffen bei Beaumont, die Schlacht bei Sedan, die Belagerung von Bitsch, das Gefecht bei Toul, die Einnahme von Weißenburg, all das Elend darum fast vergessen. Vielleicht dank der vielen Städtepartnerschaften. 2.200 davon gibt es in Deutschland. Versöhnung eine Frage späterer Generationen. Dann, endlich, ein Treffer: *No. XIV.* listet für den 31. August und 1. September im 2. Bataillon des 6. Infanterie-Regiments *König Wilhelm von Preußen* 114 Verwundete und 12 Tote auf, einer davon lautet *Gemming T h e o d o r, Oberlieutenant (8. Comp.).*

1 Dutzend Schwarznüsse
1 Völkerverständigung

***9. November, Tag des Mauerfalls** – 7 Grad. Morgens bewölkt, regnerisch, später klar. Teilweise sonnig. Zehn bis elf.* Die Borken der Bäume ertasten. Einige schrundig, tief, mit viel Raum für Flechten und Moose. Andere faserig, spröde gewordene Rauten. Wieder andere mit großen Platten, die sie abwerfen wie Schilde unnütz gewordener Armeen. Auch die glatt Berindeten vielfältig. Solche, deren Oberfläche wie poliert aussieht und die beim Anfassen Brailleschrift erkennen lassen. Andere, die Intarsien gleich glänzen und selbst dem intensiv Tastenden nicht den Hauch einer Fuge im Lack verraten. Schließlich die, die sich häuten, die ihr feines Pauspapier vertikal oder horizontal abpellen, es allen vier Winden anvertrauen, damit jene, die auf den Tod warten, es sich als Locke ihrer Vermissten um den Finger schlingen. Ihr liebsten Birken! Schartig und zerklüftet seht ihr noch schöner aus. Nur hoch oben fohlenstaksig wie zu Beginn. Obwohl die Rinde der nächtlichen Kühle ausgesetzt ist, bewahrt sie angenehme Temperatur. Gestern die alte Wärmflasche hervorgekramt. Mit den Jahren ist ihr Karmin blasser geworden. Wie früher hüllt sie der rotwollene Mantelsack mit dem Schweizer Kreuz, schnürt die selbstgedrehte rotweiße Kordel ihre schmalste Stelle am Hals zu. Nur der Stutzen schaut heraus. Wenn die Flasche stets mit demselben Wasser gefüllt sei, bliebe das Gummi länger weich, hieß es bei der Geschenkübergabe. Die Flüssigkeit verhindere, dass das Material rissig werde. Seither befolgte ich den Rat. Als ich das Wasser vieler Winter in den Kocher gieße, geben mir rötliche Partikel Rätsel auf. Sachte trudeln die Teilchen vor sich hin. Könnte das Ziegelstaub aus den Mauern des Alten Nördlichen sein, rote Asche von den Tennisplätzen des Luitpoldparks? Wahrscheinlich beginnt das Gummi porös zu werden. Wieder eine Regel, die nicht hält, was sie verspricht. Auf der Kalkschicht am Kocher setzen sich die Brösel ab. Mit dem Erhitzen geraten sie wieder in Bewegung, sie tänzeln, wirbeln von links nach rechts, wie um mich zu hypnotisieren. Vor meinem Auge das weiße Baumwolltuch mit den roten Flecken. Die Trägerin hat es mir umgelegt. Es bedeckt meinen Hals, meine Brust, meine Schultern, meine Hände. Das Flies saugt Blut, Speichel, Rotz in sich auf. Die Trägerin versucht mich zu trösten. Sie streicht mir die mit Tränen verklebten Locken aus dem Gesicht, doch ich brülle aus Leibeskräften und kann nichts verstehen. Die Trägerin sieht, dass ich mir Zähne ausgeschlagen habe. Sie sagt etwas zu mir, doch mein weiß-roter Kokon verpuppt mich im Schock. Drang das Geschrei bis in unsere Küche? Rief eines der Kinder um Hilfe in diesem Fall? Keiner konnte sagen, wie es passierte. Keiner außer mir, mich fragt man aber nicht. Gärten sind zwischen uns. Nachbarn sind zwischen uns. Zäune sind zwischen uns. Zahnlücken sind zwischen uns. Die Garage ist eingelassen ins Untergeschoss. Die Trägerin hält sich mittig, obwohl ein Fuß dort nicht gut Tritt fasst. Sie meidet die breit geführten Bodenrillen. Autoreifen sollen diese Rillen bremsen, ein gedrosseltes Manövrieren unterstützen. Vielleicht sind sie Vorschrift. Für Dreiräder taugen sie nicht. Die neuen Zähne wachsen nach. Zu langsam für den Fotoapparat. Für die Jahre dazwischen gibt es nur Aufnahmen mit zusammengepressten Lippen. *Lach nicht so, man sieht deine Lücke!* Früher hätte ich den Wasserkocher entkalkt.

3 Jogger mit Kopfhörern
4 Passanten
1 Frau mit Fahrrad, schiebend
2 Krähen
4 Tauben
5 Birken

10. November – *1 Grad. Bewölkt. Drei bis halb vier.* An der Hauswand der Versicherung steht *Freiheit lässt sich nicht versichern.* Ein filigranes Graffiti, in Filzstift gut lesbar, geschrieben von jemand mit Vorliebe für Runen, das S und das C fallen eckig aus. Im Geviert befremdliche Farben. Liegt es am Licht, dass die Stippen Blaustich zeigen? Mit einem Mal kommt es mir kühler vor, kaum bei EMRE eingetroffen, kehre ich um. Zuhause übellaunig. Blättern mal hier, mal da. *Die geneigten Leser möchten zu streng nicht richten*, Pegasus, ein *Klepper, elend und schwach,* habe nur wenig zuwege gebracht. Was für ein Floskelbrei! Mit deiner klebrigen Captatio verfängst du bei mir nicht. Gerade bei den Humoristen liegt die Latte hoch. Cervantes, Molière, Swift, Smollett, Wieland, Jean Paul. Sie schälen ihre Körner, schleifen sie blitzeblank, bevor sie diesen polierten Reis über ihre Werke werfen. Nicht Beifall heischend, sondern als echte Glücksbringer für ihre in Scherz gehüllten Wahrheiten, Schutz in einer Welt voller Zensur, die auch du, Gemming, noch kennen müsstest. Wie frei, wie sicher, wie geschützt wir uns fühlen. Individuell, bedeutsam, selbstbestimmt, sinnerfüllt. Dabei hätten gerade wir allen Grund zu zweifeln. Im achtzehnten Jahrhundert kann die Zensur weniger, als sie will, im neunzehnten will sie mehr, als sie inzwischen kann, im zwanzigsten kann sie, was sie will, führt es, ohne zu zögern, aus. Systematische Gleichschaltung. Masse totalitär. Tiefes Schaudern aber erfasst sie erst jetzt. Heute kann Zensur sogar mehr, als sie wollen mag. Technologisch steht alles auf Go. Daten und Algorithmen ebnen den Weg. Systematische Individualschaltung. Monade totalitär. Bis auf Weiteres widersteht die schiere Biomasse, die Wetware Natur. Solange sie intakt ist, inkommensurabel, besteht Hoffnung. Fällt sie, beginnt Endzeit, aber nicht als Dystopie. Anti-Utopien sind auch Utopien, nur umgekehrt. Konstrukte, uns Grusel zu bereiten. Sie tun so, als wären sie atopisch, enthalten doch pure Topografie. Das Ende der Zeiten beginnt erst, wenn kein Ort mehr ist. Wo ‚dort' als Begriff fehlt. All das, wenn ich nicht mehr bin. Sollte meine Kräfte schonen, das Naheliegende sehen statt das Entfernteste. Die Angorakaninchen auf dem Heimweg. Halte dich an Flauschiges.

2 Kaninchen
2 Krähen
1 Flugzeug

***11. November** – 3 Grad. Bewölkt, später vielleicht Regen.*
St. Martin in Grau. Bei aufziehender Dunkelheit wollte ich los, mich einreihen in schlurfende Stiefel, vertraute Lieder. *Ich gehe mit meiner Laterne und meine Laterne mit mir.* Mit einem Mal verlässt mich der Mut. Sie werden

mich zu viel Kraft kosten, die flackernden Kindergesichter und die gerührten Blicke der Eltern. Es geht nicht. Schon meine ich, Gesangsfetzen zu hören, aber außer einem vorgestellten Ohrwurm ist da nichts. *Hoch oben leuchten die Sterne und unten leu-heu-chten wir.* Plötzlich klappert Hufschlag durch den Lichterschein. Ein riesiges Pferd trabt in unsere Mitte, seine langen Beine tänzeln nervös im Kreis. Prall gefüllte Adern schwellen unter dem dampfenden Bauch, der Luftzug des hin und her zuckenden Schweifes macht die Laternen hinter sich schaukeln. Das Schrappen der Hufeisen kratzt auf dem Asphalt. Ein Soldat in Silber, über dessen Brustpanzer seitwärts ein Mantelumhang fällt, stoppt sein Pferd und ein Kindermund vergisst, dass er seine Zahnlücke nicht zeigen soll. Das strahlend weiße Tier schnaubt durch die Nüstern, kaut klirrend auf dem metallenen Gebiss. Ruckartig reißt es an den Zügeln. Schaum hat sich um sein Maul gesammelt, mit jedem Auf und Ab des Kopfes fliegen klebrige Schleimflocken durch die Luft. Einige landen auf Anoraks. *Hab' ich nicht gesagt, geh nicht so nah ran?!* Das Vorderbein des Tieres schlägt ausladend auf der Stelle, wieder und wieder, als müsse es genau dort ein Loch in die Straße hauen, in das man versinken kann. Hinkend tritt ein gebückter Mann in die Mitte. Er trägt Lumpen, wir singen *Sankt Mar-tin, Sankt Mar-tin, Sa-hankt Martin ritt durch Schnee und Wind,* und als die Stelle kommt, wo der Arme fleht: *O helft mir doch i-hin meiner Not, sohonst ist der bittre Frost mei-hein Tod!* – da durchtrennt der auf dem hohen Ross Sitzende seinen Umhang und reicht dem Bettler das grobwollene Tuch. Der Namenlose dankt, hüllt sich in den Mantel, reiht sich ein in unseren Kreis. In einer Art Prozession wandern wir zurück. Zu dem Heiligen und seinem Schimmel halten wir gebührenden Abstand. Irgendwann biegen sie ab Richtung Reitstall und wir laufen nach Hause zurück. Erst Jahrzehnte später erfasste ich die Tragweite der Legende, verstehe, dass der Teil, den der Heilige weggab, alles war, was er besaß. Der andere Teil des Mantels gehörte dem römischen Staat. Wer verschenkte je sein Ganzes? Oder wenigstens die Hälfte, meinetwegen auch nur die Hälfte der Hälfte? Niemand, den ich kenne, am wenigsten ich selbst und genau deshalb bleiben die Heiligen im Himmel wohl am liebsten unter sich, egal wie große Sünder sie vorher waren. *Mein Licht ist aus, wir gehen nach Haus. Rabimmel, Rabammel, Rabumm.*

1 Hälfte Bewunderung
1 Hälfte Scham

12. November – *5 Grad. Bewölkt. Drei bis halb vier.* Beim Durchgang zu EMRE kreuzen eine Frau und ein Kind meinen Weg. Sie verlassen den Friedhof hintereinander, der Junge, vielleicht sechs, sieben Jahre, schiebt einen Roller und weint, die Frau, nehme an, seine Mutter, voll Verärgerung. Sie weist ihn heftig zurecht, wirft ihm irgendetwas vor, aber ihre Worte fallen in den Wind. Obwohl wir uns dicht aneinander vorbeischieben, weil Stoppbögen aus Metall unsere Wege leiten, haben weder sie noch der Junge Blicke für mich. Als sie hinter der Mauer verschwunden sind, höre ich ein nie gehörtes Geräusch. Außerstande, es zuzuordnen, weiß ich sicher, dass es jenseits meines Kopfes ertönt. Ich höre eine Art Schwingung, die den Raum fein erfüllt. Bis ins Äußerste gespannt, setze ich meine Füße auf den Grund. Mir ist, als verdrängte mein Schritt ein Klanggewebe. Zarte Materie, die zu tönen beginnt, die ich fühlen kann. Kaum, dass ich drei, vier Schritte gesetzt habe, erkenne ich im Augenwinkel weitere Passanten. Passanten passieren, haben es eilig, nehmen eine Abkürzung oder wollen dem Straßenlärm entkommen. Abgelenkt verliere ich den Moment, bin raus, empfinde, höre nichts mehr. Enttäuscht eile ich zu meiner Bank. Stehen bleiben hättest du sollen, werfe ich mir vor. Ganz kurz war ich aufgehoben, zugehörig, gehalten, ohne zu sagen, von was. Es heißt, dass, wenn die Sense des Schnitters, vollkommen in Winkel, Schärfe, Schwung, auf die Halme trifft, ein eigener Harmonieraum entsteht. Der Camposanto zeigte seine Stimmritze, seine Stimmlippen vibrierten und wandelten alles, Wind, Steine, Gräber, Pflanzen, Tiere, Tote für unbestimmte Zeit in reinen Ton. Irgendwas hat gestört, vielleicht unwiederbringlich. Doch einige Momente war ich Teil dieses Klangs. Augenblicke, in denen wir gemeinsam summten. Jetzt kommt mir das Geviert vor wie eine Rennstrecke. Überall unverbundene, hektische Ereignisse. Geräusche und Verhalten chaotisch, keine Ausnahme, ob Mensch, Technik, Stein, Pflanze oder Tier. Die Klinik hatte mir Phantomwahrnehmungen angekündigt. Aber das hier, das war echt. Wie fremd andere Sensationen auch bald sein werden. Diese Klänge existierten wirklich. Ich weiß es einfach. Aufgewühlt notiere ich alles, was vorbeizieht.

1 Frau, mit einem Sohn schimpfend
1 Mann mit etwa vierjährigem Kind, Kind singt
1 Jogger am Außenmauerweg
1 junger Mann mit olivgrünem Kinderwagen, hochgewachsen, seine Arme locker am Griff eines historischen

Modells (kein Retro)
1 gehäkeltes Äffchen, an der Seite hängend aus roter Wolle
1 zwischen Grabmalen sich küssendes Paar
2 Passanten
6 Spaziergänger
1 Spaziergänger, hinkend
1 Krähe, davonfliegend
1 Eichhörnchen, fliehend
Vogel 1: Zituit, zituit, zituit
Vogel 2: (Rabenvogel): Krahr, krahr, krahr, krahr
1 Motorrad
2 Flugzeuge
1 Hubschrauber
Verkehrslärm
Lautes Geräusch von fallenden Flaschen, Glascontainerleerung

13. November *– 5 Grad. Bewölkt, feucht. Viertel nach drei bis vier.* Auf der Mauer von St. Joseph steht *Sündige, solange du kannst.* Es stammt aus der gleichen Hand wie das Graffiti an der Versicherung. Die S sind identisch. Möchte malen können heute. Die feuchte Luft verleiht allen Strukturen Prägnanz und

Tiefe, macht Oberflächen, die schon erstorben schienen, erneut lebendig. Hellgrün leuchten die Moose auf Steinen, Mauern und Bäumen, lichtgrau und gelb die Flechten. Obwohl der Himmel trüb ist, heben sie sich in aller Schärfe von den Gräbern ab. Die Steine von der regenschweren Luft poliert. Überall haben sich Vorsprünge, Treppchen, Ornamente und Giebel mit grünen, grauen und gelben Borten verziert. Erst recht die Rinden der Bäume. Gestern noch aufgerissene Schrunden, saugen sie nun jedes Tröpfchen, dessen sie habhaft werden können, aus der Luft. Raue Oberflächen sind mit einem Mal prall, von elastischer Kontur. Überall Strukturen, an denen ich mich nicht sattsehen kann. Mache Fotos über Fotos, entdecke immer neue Grabmale, erlebe jedes Feld wie verwandelt. Seltsam still heute. Hin und wieder fällt ein Blatt. Weil auch der Boden feucht und weich ist, bettet das Laub sich sanft. Der Gold-Schüppling nun haselnussfarben. Sein breit abgeflachter Hut hat sich zusammengelegt, über den Zoom am Handy erkenne ich die alten Stippstellen, feucht zerfasert im dunkleren Braun. Die Ränder des Hütchens hängen welk herab, die feinen Kräuselrillen wie eingefallene Bordüren an einem Pagodenschirm. Auch seine Stängel sind dünn und kraftlos geworden, dem flachen Schirm halten sie kaum mehr stand.

Einige neigen sich kopfüber, bald werden sie brechen. Das Blatt einer Rotbuche ist auf ihnen gelandet, deckt ihren unabwendbaren Verfall braunviolett zu. Rotbuche und Gold-Schüppling, schlussendlich also doch.

1 Krähe
1 Jogger, raschelnd
1 Flugzeug
Baulärm von der Verkehrsberuhigung Tengstraße
6 Spaziergänger

14. November – *11 Grad. Sonnig. Eins bis zwei.* Ist dies mein letzter schöner Novembertag? Verglichen mit gestern, heute alles golden. Die unermüdlichen Laubbäume dehnen sich im Raum, als wollten sie uns Bloßgestellten abgeben von ihrer Pracht. Mir ist, als hätten heute alle, was sie brauchen. Ein fuchsrotes Eichhörnchen findet am Boden Essbares. Zwei, drei Sätze im Gras, ein Sprung auf die Bank, von dort mit zwei Sätzen zum nächsten Stamm. Über mir Schrappen und Nagen. Das Geräusch klingt vertraut. Schneidezähne an der Nuss. Mein Hören im Gelände wächst. Hätte gerne Fotoaugen. Einmal zwinkern und klick. Bis ich das Handy entsperrt habe, den dunklen Bildschirm sich öffnen sehe, meinen Punkt finde und auslöse, ist der Moment vorbei. Bisweilen halte ich einfach drauf. Später schaue ich mir an, ob das Foto etwas geworden ist. Unerwartet oft ist Passables dabei. Ein Mann fährt mit dem Rad die Mittelachse entlang. Ich bitte ihn abzusteigen. Er stutzt, fährt weiter. Ich stutze auch, wollte mich doch nicht einmischen. In der Luft türkisblaue Insekten, nie gekannte wasserspektrale Farben, Wolken und Himmel ein Ozean.

Zig kleine Insekten in der Luft
2 Eichhörnchen
2 Meisen
2 Tauben
1 Krähe
Viele Spaziergänger
Müttergruppe mit Kindern
1 Fotoshooting an der Mauer am Eingang
2 Jogger
1 Mann mit Fahrrad
Glocken
Flugzeug
Autolärm
Schaufeltrecker
Gartenarbeiter

15. November – *9 Grad. Bewölkt, teilweise aufgelockerte, sonnige Abschnitte. Halb zwölf bis halb eins.* Fühle mich schlapp, wünschte, fliegen zu können, doch zuhause bleiben mag ich nicht. Der Tag ist schön. Die Böden im Geviert geben sich marokkanisch, ihre Farben leuchten in Rost und Mokka, Olive und Tabak, Curry und Zitrone, Karminrot und Zyklam. Wie Teppiche, gewirkt in der kargen Weite des Atlasgebirges, liegen die Blätter geschichtet. Menschen mit Rollkoffer strömen in Richtung Haupteingang. Als ob sie wüssten, dass hier um ein Haar ein Bahnhof entstanden wäre. Wusstest du das, August? Mit dem Vorschlag, auf dem Areal einen Leichenacker zu errichten, machte der Magistrat sich unbeliebt. Die Presse benannte mehr Nachteile als Vorteile, verwies auf gesundheitliche Gefahren wie Luftverschlechterung und Trinkbrunnenverunreinigung, auf Belästigungen durch Begräbniszeremonielle, auf Minderung des Bodenwertes. Die Maxvorstadt vielversprechend, ein Viertel mit Potenzial, König Ludwigs Bauten weckten Hoffnung auf mehr. Nur eine Verbindung nach Ingolstadt, *direttissima,* bitte schön, fehlte. Die Einwände verhallten. Zum Glück. Wenigstens einmal, dass nicht Geschäftigkeit, sondern Stille siegen konnte. Ich folge den Reisenden, obwohl es Kraft kostet. Die vielen Koffer wundern mich. Ihr Fluchtpunkt eine Tafel. Dort Armenspeisung. Habe ich sie all die Freitage übersehen oder war ich zu anderen Tageszeiten hier?

3 Krähen
5 Tauben

16. November *– 7 Grad. Bewölkt, trüb. Elf bis halb zwölf.* Zahlreiche Jogger im Geviert. Es ist Samstag. Den Verstöpselten ausweichend, beobachte ich seltener besuchte Felder. Jede Bank ist mir willkommen, ich verweile kurz, bin aber zu unruhig, um runterzukommen. Vielleicht machen mich die Joggenden nervös. Ich betrete das Gras und versuche, Inschriften zu entziffern. Finde Grabstätten, die einen *lieben, unvergeßlichen Gatten, unseren besten Vater nebst lieber, guter Mutter* in Stein verewigen. Erkennbar oft strotzen sie vor Berufsstolz. Früher klagen Grabinschriften anders. Je moderner, desto knapper. Immer weniger Information. Den langen Sätzen folgen kurze, den kurzen kürzere, den kürzeren Abkürzungen, den Abkürzungen Zahlen: Statt *geboren* schreibt man *geb.*, statt *November Nov.*, statt *Nov. 11*, statt *11* – nichts. Stelle mir vor, wie heutige Berufsbilder hier aussähen.

Max Baber, unvergessener Data Scientist
Linn Grothues, geliebte Klimaaktivistin
und Lyrikerin
Han Neo Weber, Humanoid Designer
der ersten Stunde
Freddy P., Influencer, über 4 Mio. aktive
Follower zuletzt
John und Mandy Freeman, Naturschützer
River Rights Welfare
Florence N'gha, Technology-Evangelist
und Barcamp-Host
Jasemin Çelik, Cloud Computing Specialist
Mio Flegier, Full Stack Developer
Mel Martin, ProfessX und langjähriger
Gender-Scientist
Zinja Nooten, Home Stagerin

Überall fallen mir Moose und Flechten auf. Die Jogger haben keinen Blick für sie. Moose stehen irgendwo zwischen Landpflanzen und Algen. Ihnen fehlt das Stützgewebe. Auch Flechten sind Wunderlinge, faszinierende Zwiewesen zwischen Alge und Pilz. Statt aus Zellulose, den pflanzentypischen Zuckermolekülen, bestehen ihre Zellwände aus Eiweißen, die insektenartiges Chitin beinhalten. Alle Steine des Alten Nördlichen kennen ihre Macht. Mal salbeigrün, mal Seladon, mal gräulich, mal gelblich, mal ockerfarbig sehe ich sie überall. Sie haften auf schwarzen Granitquadern, wandern an Obelisken, besetzen polierten Marmor, siedeln auf Gusseisen, verändern Metall. Unaufgeregt, scheint es, überziehen sie jedwede Oberfläche, handeln in Zeitspannen, die wir nicht zu leisten fähig sind. Mich wundert, dass mir Theodor nicht aus dem Sinn geht. Warum lässt mich nicht kalt, was aus ihm wurde? Wieder und wieder befrage ich die Suchmaschine. In einem Digitalisat der Fränkischen Zeitung vom 14. September 1870 endlich ein Fund. Szenisch schildert ein nicht näher genannter Korrespondent die Zeremonie einer Gruppenbeerdigung. Für seine Leser zuhause prägt er den Stil späterer Liveberichterstattungen aus Krisengebieten:

> *Soeben hallen durch das Lager die ernsten Töne eines Trauermarsches bayerischer Militärmusiken. An der Umzäunung eines parkartigen Gartens südöstlich des Dorfes Balan öffnet sich inmitten trauriger Schlachtreste, Leichen, Waffen, Blutlachen, ein tiefes Grab, in das jetzt zwölf von den gestern gefallenen Offizieren gesenkt wurden.*

Unter den aufgezählten Namen auch Theodor, *Oberlieut. Gemming.* Jetzt verstehe ich, warum es im Kriegstagebuch knapp vier Monate später heißt:

Vor Artenay sah ich seit langer Zeit zum ersten Mal wieder Bauern pflügen, eine Beschäftigung, die uns in diesem Augenblick eigenthümlich anmuthete. Ging doch vielleicht die Pflugschar noch über unsere tapfern gefallenen Waffengefährten, und über ein Kleines wogt gold'ne Hoffnungssaat über das kaum geschlossene Leichenfeld!

Dass die Toten des Kriegsgegner respektvoll bestattet werden müssen, wird nach dem Siebziger-Krieg erstmals abgemacht, verhandelt. Davor verscharren, wenn überhaupt. Tote, von denen niemand mehr weiß. Oder nicht wissen will. Wie viele auf deutschen Äckern liegen und, schlimmer noch, immer seltener dort vermutet werden.

1 Transfer

17. November *– 6 Grad. Bewölkt, keine Sonne, später hier und da blaue Passagen. Halb acht bis neun.* Friedhof im Tau. Die schwer gewordene Laubschicht der letzten Tage beginnt, Mineralien und Gerbsäuren abzugeben. Unzählige Sprenkel, weißgrau in nussbraunrot, verraten, dass die Nebelfrühe den Blättern beim Sterben zur Hand geht. Schlinger und Ranker engstens verbunden mit Eisen und

Stein. Unsagbar, wer wem Halt verleiht oder Luft zum Atmen nimmt. Auch deine Stele, Premier, hat der Efeu fest im Griff, doch sehe ich, dass er immer wieder zurückgeschnitten worden ist. Die kleinen Haftwurzeln hinterlassen fossiliert anmutende Tausendfüßler auf dem Granit.

1 Minifliege am Blattrand
1 Spinnennetz am Sockel

***18. November** – 9 Grad. Sonnig, sehr windig. Zwei bis drei.* Am Schlusstag geben Regisseur, Schauspieler, Komparsen, Kamera und Technik alles. Der Titel des Films unbekannt, das Set geschäftig. Es rauscht, surrt, raschelt, ein jeder hat noch zu besorgen, zu winken, zu hüpfen. Klappe elf, die achtzehnte. Die Szene feiert den Moment, an dem das Laub ein letztes Mal Leichtsein spielen soll und, überraschend für alle, wahrhaftig geschmeidig ist. Die Statisten, die sich normalerweise das Maul zerreißen, weil sie sehen, wie hölzern ihre Leinwandhelden sind, stehen fasziniert, der Kameramann, der den Kampf des Filmkünstlers gegen das Vergehen am nächsten verfolgt, fokussiert gebannt seinen Ausschnitt, der Mime, der, wie ich, am wenigsten von diesem späten Novembertag erwartet hatte, wir alle erleben ein Erblühen, das trunken macht. Selbst diejenigen Blätter, die zum Fall fest entschlossen sind, schweben kraftvoll und zufrieden im Luftstrom, getragen von einer Energie, die keiner einzigen Quelle allein zugeschrieben werden kann. Buntes, saftpralles Laub hat Wege und Flächen zurückerobert, alles wirkt lebendig und erquickt, zur rechten Zeit am richtigen Ort. *Jetzt stirb! Mehr ist unmöglich.* Schnell verlasse ich den sonnig bewegten Ort. *Wie frischatmend, schönheitglänzend ringt die Schöpfung sich aus dem Chaos mir entgegen!* Ach, Leonce. Ach, Lena. Auf dem Weg nach Hause kommen mir die vielen Abspänne in den Sinn. Selten so gestaunt wie beim Lesen der Rolltitel. Endlose Schwarz-Weiß-Listen am Schluss jedes Films, gespickt mit Namen, Drehorten, Institutionen, Geldgebern, Danksagungen. Unzählige, unbekannte Berufszweige, auch beachtliche Hierarchien. All das nur, um zu zeigen, welcher Aufwand für die neunzig oder mehr Minuten Filmkunst getrieben wurde, deretwegen man aufgewühlt, beseelt, erschöpft im Dunklen in seinem Sessel ausharrt. Jede Sekunde, die abrollt, soll den Übertritt zurück ins Leben erleichtern. Doch wie eine beim Schneiden sich lösende Apfelschale die Form einer vollkommenen Spirale annehmen kann, so bleibt doch, je länger sie sich windet, das wahrhaft Verheißungsvolle die vorenthaltene Frucht selbst. Obgleich der Innenseite der geschälten Haut Fruchtfleisch anhaftet, vom ganzen Geheimnis des Inneren aber in seiner dünnen Schicht nur einen Abglanz birgt, so muss das, was im Kasten der Kameraleute als Rohmaterial eingefangen ist, eine Lebendigkeit und Fülle gänzlich anderer Art verwahren. Widersprüchlicher, rauer als jene, die als wohlgeschnittene Kopie den Verleihern von Emotionen überlassen wurde: das Geheimnis saftigen Fruchtfleischs, scharfkantiger Spelze, unnachgiebiger Stengel, kratzender Borke und wild polierter bitter berauschender Kerne. Ist das von Benjamin?

2 Tauben, grau-aubergine
1 Spinne, klein, getigert (über Kladde)
2 Krähen
Töne:
Ein Piepiepiepiep (wie ein Nest voller Vogelkinder)
Ein Huithuithuithuithuit aus einem Baumloch
1 junge Fotografin
1 Mutter mit Kinderwagen
1 Mann mit einem Säugling im Bauchgurt
1 Frau in einem weißen Daunenmantel
2 Flugzeuge

***19. November** – 6 Grad. Bewölkt, seltene sonnige Aufrisse. Viertel nach drei bis vier.* Vom Gehweg breiten sich die Laubhalden bis auf die Straße aus. Ich stelle mir vor, wie ich die enge Rinne, den schmalen Grat durchwandere. Ein Sinnbild, dessen bin ich mir sicher, aber für was? Im Geviert fallen mir sofort die blanken Wege auf. Schon wieder Laubräuber! Alles ab EMRE glattgestrichen. Wie unter einer frisch gezogenen Betondecke verharrt das Gelände stumm. Das Holz auf der Sitzfläche der Bank ist gesplittert, in den Riss haben sich kleine Steinchen geschoben. Das freiliegende Grün verrät mir die schlimmsten Stätten des Wirkens. Verwundert stelle ich fest, dass Feld fünf, zumindest die Diagonale längs von deinem Grab, weitgehend unberührt geblieben ist. Die zur Mauer liegende Hälfte dafür wie rasiert. Einzelne Blätter der Hasel hängen mit der Rückseite nach oben im Busch, entblößen ihren samtig pelzigen Untergrund. Die Blätter der Linde, geschwärzt vom Saft der Läuse, das Buchenlaub mannigfach geschichtete Kupferpfennige. Die Scheinfrüchte vom Boden weggefegt. Selten sehe ich noch Tiere. An Tagen wie diesem hoffe ich nichts. Beim Verlassen höre ich eine Krähe, sie protestiert gegen irgendwen. Arbeiter haben etwas zu ihr hingeworfen. Vielleicht ein Stück Brot. Ich komme zu spät, schnappe bloß noch *Rabenvögel* auf und sehe sie über mir auf einen Ast im Innern des Gevierts davonfliegen. Als müsste sie nießen oder kröpfen, stößt sie viele Male einen kurzen heiseren Ton aus, stets begleitet von einem nach vorn unten, kopfüber geneigten Auswürgen. Zuhause angekommen, ist mir der Appetit vergangen. Erstmals kommen mir die Scheinfrüchte auf dem Boden kleiner als sonst vor. Greife zu deinem Gedicht *Der alte Holzknecht*. Gut möglich, dass du es in Lenggries geschrieben hast.

O mei'! Jiatzt bin i' siebnadachz'g!
I han koa' Haus, koan' Ho, koan Herd; –
An alter Holzknecht – (woaßt's ja selb'm) –
A seller is ja nix mehr werth!

Auf Gottes Welt – (nix zum Dererb'n) –
Steh' i' halt da – so ganz alloan;
Am besten waar's wohl, i' that sterb'n;
I' fall' zur Last nur no' der Gmoan'!

Mei oanz'ge Freud' is no' die Pfeif'n,
Die stopf' i' wohl aa' nimmer lang,
Denn schau', – scho' springts mer ab a' Reif'n,
s' bident nix Guat's – mi' macht's nöt bang!

Da schaugn s' mi' an, die alten Riesen,
Da' Kramer, d'Zugspitz – Wetterstoan,
s' Karwendel – schau', wia s' freundli' grüßen, –
Mei' besten Freund' seid's ös alloan.

Dort drent' im Wald – wo i vor Zeit'n
Hab' manchen stolzen Baam aa' g'schlag'n –
Da fäll'n s' jiatzt grad – I sich's von Weit'n –
An' Tannabaam mit Müah' und Plag'n.

Wenn's guat geht, liefert der die Bretteln
Für mi' zum Sarg in d' kühle Erd' –
I' tua nöt bitten und nöt betteln,
Gern geh' i' – bin ja eh' nix werth.

Gemming, altes Haus, ich schaffe es wahrscheinlich nicht nach Lenggries. Sieh mir das nach, bitte. Ich weiß, ich habe es versprochen.

Straßenlärm
Baulärm
Flugzeuglärm
Streitlärm
7 Spaziergänger
4 Joggerinnen, eine sehr schnell

2 Paare mit Kinderwagen, in einem Zwillinge
1 Krähe, wiederkäuend, heiser

20. November, Buß- und Bettag – *2 Grad.* Der Paketbote bringt das Buch. So siehst du also aus. Eine Brustaufnahme, irgendwo im Nirgendwo, vielleicht in einem Studio, rechts zeichnet sich vage eine Kontur ab, das Foto scheint beschnitten. Möglich, dass du es selbst eingeklebt hast, jedenfalls sitzt die Widmung darunter leidlich passgenau. Du trägst zivil, hast dir ein weißes Hemd mit breitem Kragen ausgesucht, dazu eine glänzende Krawatte, ein dunkler Anzug mit Weste, eine Uhrkette. Im Revers eine Rosenblüte, im Binder eine Schmucknadel, galant durchaus, doch Rock und Krawatte haben bessere Tage gesehen. Beide mit starken Knitterfalten, Gebrauchsspuren getragener Kleidung. Das Jackett hängt an den Schultern, vielleicht bist du schmäler geworden, vielleicht ist der Anzug nur geliehen oder ein Erbstück vom toten Bruder, womöglich ist es der einzige zivile Rock, den du vorzeigen kannst, oder die Sakkos deiner Zeit saßen einfach lockerer. Deinen krausen Vollbart trägst du modisch in zwei Hälften gescheitelt, dein schütter werdendes Kopfhaar rasiert. Dein Blick führt seitlich an der Kamera vorbei. „Und jetzt bitte nach links schauen, hier, hier, wo ich mit den Fingern schnipse." War es so? Gaben dir ein Fotograf, eine Fotografin, gar Anita Augspurg oder Sophia Goudstikker das Kommando? Nein, im Foto-Atelier Elvira ist dieses Bild sicher nicht gemacht. Zwar steht dein Sterbebett nur wenige Schritte von der Von-der-Tann-Straße entfernt, doch noch wohnst du in der Klenze und die Feministinnen sind nicht einmal in München eingetroffen. Sieben Jahre noch, dann erregen sie mit ihrem Salon, dessen mondäne Fassade wie ein Aquarium aussieht, Aufmerksamkeit und finden die Gunst der Potentaten. Fotografieren, August, neben Zeichnen, eines der wenigen künstlerischen Berufsbilder für Frauen deiner Zeit. Schätze dich auf Anfang vierzig, rundlich das Gesicht, sanft, kindlich fast, wäre da nicht dieser üppige Bart. Darunter schreibst du eine Art Sentenz. Alle deine Buchstaben kippen nach rechts, laut Grafologie schreiben nur warmherzige Menschen so, die kontaktfreudigsten unter uns. Impulsive, raumgreifende, die überrascht werden vom Zeilenende.

Das eben ist des Daseyns schönste
Kunst:
Des Lebens heitre Seite nur zu schauen.
Gemming

Auf dem Titel eine Widmung. Sie gilt einer hochverehrten Familie – heißt die nun Liegel, Biegel oder Tiegel? – jedenfalls ein Geschenk zur frdl. Erinnerung an den Verfaßer. München 1879, Oktober setzt du dazu. Auch die III. Auflage schmücken zwei Hasen. Sie sind holzgeschnitzt, signiert von einem Theuerkorn jr. Ein Rahmenwerk ziert die Szene, der Hase mit den geöffneten Augen kreuzt die Pfoten. Davor Knabenkraut, eine Pflanze, die die Potenz steigern soll. Plötzlich wird mir klar: Was vor wenigen Wochen noch ein vergessener Dichtersoldat des letzten Jahrhunderts war, ist mir mehr und mehr ein Vertrauter geworden. Ein Mensch mit gesellschaftlichen Kontakten und bürgerlicher Konversation. Sofort stelle ich mir vor, wie du in der Klenzestraße 18 im ersten Stock sitzt und das Foto in dein Buch einklebst. Entweder bist du inzwischen zu Geld gekommen oder du hast, wieder mal, gepumpt. Schuldest du denen deshalb Dank? Woher die Heiterkeit? So viele Fragen schießen mir durch den Kopf, auf kaum eine werde ich Antwort finden. Was mag aus der Klenzestraße 34/I geworden sein, die Adresse, von der deine zweite Auflage spricht? Ein Umzug? Ein Rauswurf? Egal. *Des Lebens heitere Seite nur.* Will mich daran gewöhnen. Ein Ausrufezeichen hinter diesen Tag!

1 Fotograf oder 1 Fotografin
1 Beau in Zivil

1 Lebensmotto neu
2 Hasen mit Knabenkraut
1 Doktor nebst Familie
1 Kopfkino

***21. November** – 4 Grad. Diesig. Viertel vor fünf bis Viertel nach fünf.* Den Vormittag in Hypothesen. Lese mich fest, betrachte die Illustrationen. Ein Mann mit Janker und Hut an einem See. Darauf drei einfache Boote, Einbäume, im Hintergrund eine Hütte, ein Dorf mit Kirche vor Bergen. Der Mann klemmt einen Skizzenblock unter dem Arm, links am Boden zwei Hasen. *Gemming 1879* steht darunter. Was bedeuten die Tiere dir? Es ist spät, als ich mich aufmache. Meine Augen tun sich schwer im dämmrigen Licht. Der unbeantwortete Ruf einer Krähe, Verkehrslärm. Abendliche Geschäftigkeit, Glocken, St Joseph fünf Uhr. Eine Mutter passiert mit ihrer Tochter an der Hand die Mittelachse. Als sie an meiner Bank vorbeikommen, höre ich, wie sie die Kleine ermahnt, niemals alleine über den Friedhof zu gehen. Wahrscheinlich flößt mein Anblick ihr Furcht ein, ich habe aufgehört, in den Spiegel zu sehen. Eine Rose liegt auf dem Sockel des großen Kreuzes. Sie kommt mir bekannt vor. Genau solche auch auf Wagmüllers Grab gesehen. Der Bildhauer entwarf es für seine verstorbenen Mädchen. Auf einem Sarkophag, der von vier geflügelten Sphingen getragen wird, sitzt eine überlebensgroße weibliche Statue. An ihrer linken Körperhälfte lehnt ein Kleinkind. Die anmutige Frau trägt ein fließendes Gewand à la grecque, ihre rechte Brust liegt frei, ihr Haar ist locker gewunden, ein Kranz schmückt ihr Haupt. Sie ist barfuß, das Kind nackt. Wo immer die beiden sind, warm und sonnig muss es dort sein, ein heiteres Elysium, kein düsteres Totenreich. In ihrer rechten Hand, locker auf dem Sarkophag liegend, ruht ein Palmenzweig, ihre linke hält ein Epitaph und schützt damit das an ihrem Busen lehnende Kind von der Seite. Genau unter ihrem Herzen stützt es sich ab. Eine intime, innige, friedvolle Szene. Die fünf Rosen hat jemand bewusst arrangiert, das Kind hält eine davon. Das Grab tröstet die Zurückbleibenden, nicht die Toten, so viel steht fest. Im Innern des Sarkophags kaum Unterschiede zu den gezimmerten Brettern des alten Knechts.

1 Mutter mit Kind
1 Mutter mit Kind, marmorn
5 Rosen
1 Wanderrose
9 Glockenschläge von St. Joseph

22. November *– 4 Grad. Diesig.* Blick haltlos, Wände schlierig, Bad, Weltreise. Mein Hafen, mein Bett. Kladde mittlerweile das Erste und Letzte, wonach meine Hände suchen. An Tagen wie diesen schreibe ich blind. Mit den Knoten, die ich ins Lesebändchen gebunden habe, lotse ich meinen Stift auf die Zeile zurück. Einmal in der Bewegung, laufen die Worte von allein, am Rand fällt die Hand herab ins Nichts. Meine Lettern, mal vorwärtsfallend, mal zurückgeneigt, torkeln übers Papier, das Schriftbild im Ganzen fällt als Linie ab. Noch schreibe ich dagegen an, will nicht mehr Papier als nötig verbrauchen, von Mal zu Mal kostet es stärkere Willenskraft. Mir vorzustellen, ich müsste die letzte Seite aufschlagen, ohne bereit zu sein, macht mir Angst. Habe heute von Krähen geträumt, August. Den Krähen meiner Kindheit, nicht unseren von Feld fünf. Zu Hunderten saßen sie in den Spitzen der Pappeln, die, aufgestellt in Reih und Glied, das Ende unseres Gartens bewachten. Wie Riesen standen sie, ihre Zweige berührten sich, einander findend rauschten sie im Wind. Hinter den hohen Sieben verliefen Bahngeleise und ein Kanal, und immer, wenn ein D-Zug oder ein Güterwagen vorbeiratterte, verstand man sein eigenes Wort nicht mehr. Der heftige Sog des Fahrtwindes entfachte ein Brausen im Laub, es rauschte und toste auch in der Brust. Allem, schien mir, hielt diese

Reihe stand. Verebbte das metallene Wummern der Räder auf den Schienen, kehrte ihr Wispern zurück. Am frühen Abend landeten krächzende Tintenvögel auf den Kronen. Sie verweilten dort, wurden schweigsamer, bewachten die Nacht. Bevor die Dämmerung den Himmel öffnete, stießen sie schon ihre Schreie aus. Kräh, kräh, kräh, kräh, in aller Herrgottsfrühe. Erst einzeln, zweimal oder dreimal hintereinander, als Ruf ohne Gegenruf, dann mit Antwort, bis schließlich alle Rufe ohrenbetäubend ein nicht endendes Echo wurden. Noch blieb das Zimmer nächtlich, doch bald erhellte Schummer sein Dunkel. In diesem Zwielicht kamen mir *Die sieben Raben* in den Sinn. Wie viele verzauberte Brüder dort oben wohl flögen? Warm in meine Bettdecke gehüllt, genoss ich die Vorstellung, Teil dieses Schwarms zu sein, und je mehr der Morgen durch die Waben der Rollos ins Zimmer drang, desto klarer erkannte ich unter den Verwunschenen meinen Platz. Als wären die Ritzen Waffenschlitze, die den Blick für das Wesentliche schärfen, sah ich umso genauer hin. Ich überließ mich dem wirbelnden Kreischen, darauf wartend, dass ich meine Angst überwinden und frei auf den wogenden Ästen balancieren würde. Dann, so war mein Sehnen, machten der Schwarm und ich uns auf und davon. Schon glaubte ich, vorbeihuschende Flügel auf dem Muster der Tapete zu sehen, doch, wenn überhaupt, waren es ziehende Wolken. Wie gerne wollte ich verstehen, was die Geschwister schrien, aber es gelang niemals. Meist kam wenig später auch Mutter ins Zimmer, zog mit einem Ruck die schwere Jalousie hoch, ließ den frischen Tag ein und verwünschte die Schreihälse. Über das verzauberte Brüderchen schimpfte sie nie. Dass es eins gegeben hatte, davon durfte ich nicht sprechen. Wer es doch tat, war selbst schuld. Sie hasste die sieben Riesen, bei denen das Brüderchen sein Nest gefunden hatte. Die Pappeln, die ihre Samen freigiebig verteilten, waren zum Ärgernis geworden, die Flaumfasern, auf denen die Samen im Wind trieben, hatten Mutter die Gartenfreude verdorben und ich brachte, ohne es zu beabsichtigen, immer neues Gewölle ins Haus. Wahrscheinlich hoffte sie darauf, dass eine Plage den Bäumen den Garaus machen würde. Je inständiger sie die Pappeln samt ihrem weißen Flaum verwünschte, desto mehr graue Fäden durchzogen ihr Haar. Eines Tages rückten Männer mit Helmen an. Ein kräftiger Zug an der Reißleine des Motors versetzte ein langes Sägeblatt in rohes Flattern. Der Geruch von Benzin mischte sich mit frischem Holz, als einer der Männer mit einer Hebebühne in den Himmel hinauffuhr. Er begann, größere Äste abzusägen. Die Fallachse war genau vorherbestimmt, die Bäume sollten am Haus entlang in die Auffahrt gestürzt werden. Vater sprach darüber, dass die Maßnahme einiges verschlingen würde an Geld, das Holz der Pappel, verstand ich, sei weniger wert als das von Eichen oder Nussbäumen, doch dank der beachtlichen Länge hatte sich ein Sägewerk als Abnehmer gefunden. Angekündigt von lauten Warnrufen krachten immer größere Äste auf den Boden, schlugen dumpfe Dellen in die Grasnarbe, bevor sie kraftvoll vornüber oder zur Seite fielen, begleitet von gewaltigem Blätterrauschen. Sofort hoben andere Männer die belaubten Äste auf, pferchten sie in eine Apparatur, mit der die kleineren Zweige abgehobelt wurden. Dann brachten sie sie zur Kreissäge, wo unter lautem Kreischen brennholzgroße Scheite geschnitten wurden. Sauber geschichtet, stapelte Vater die würzig riechenden Scheite an der Hauswand. Was von der Maschine nicht akkurat geschnitten worden war, brachen die Männer mit Hand und Fuß auf. An den Bruchstellen ragten daher ab und an Holzsplitter gleich Pinselborsten aus der Borke. Die Männer arbeiteten zügig, machten wenige Worte. Vater, dem die ganze Aktion eine seltsame Spannung verlieh, ihm zugleich Freude und Trauer zu bereiten schien, trug seinen grauen Arbeitskittel, dazu Schutzhandschuhe und einen dunklen, ledernen Arbeitshut. An seinen Koteletten perlten Schweißtropfen, seine Nase und Wangen glänzten. Bald sammelten sich Reste heller Späne in der Hutkrempe und eine feine Schicht Sägemehl überzog sein Gesicht. Immer wenn er kurz die Brille abnahm, um die Gläser abzuwischen, leuchteten helle Ringe um seine Augen, das Gesicht eines Totenkopfäffchens. Nach wenigen Stunden hatten die Männer alle Bäume gelüftet, eben noch massige, unbesiegbare Stämme lagen am Boden, zerfledderte Gefallene einer geschlagenen Kompanie. Dann, August, kommt der Moment, an dem wir ins Haus müssen. Nur Vater darf draußen bleiben. Mutter und ich drängen zum Fenster. Die Glasscheibe, die uns vom Leben trennt, ist glatt und kühl. Eigentlich will ich weglaufen, niemanden sehen. Nichts, weiß ich, kann das Ende der lieben Sieben mehr aufhalten. Nachdem die Männer einen Keil in den Stamm getrieben haben, ruft einer lauthals, dass wir es im Haus hören können: *Achtung! Baum fällt!* In Zeitlupe neigt sich die erste Pappel nach vorne, die Äste der benachbarten wollen dem verwundeten Krieger unter die Arme greifen, doch das Gewicht des Kolosses ist zu schwer, nur kurz verschränkt sich beider Geäst zu einem Abschiedsgruß, dann zieht die Schwerkraft den vom Hieb Getroffenen nach vorne. Die Zweige surren aneinander vorbei, schaben mit der Kraft der Reibung grünsilbrige Blätter ab, den Fallenden hält nichts mehr, er rauscht zu Boden, schlägt mit Wucht auf, federt, vom eigenen Gezweig zurückgestoßen, noch mal nach oben, stiebt eine Salve aus Laub, Pappelschnee, Gras und Stäuben in die Höhe und ein Nachbeben durchfährt seinen schönen Leib. Ein letztes Zittern dringt aus Blättern, Horsten, Misteln, Gezweig. Aus den Furchen der Borke entweicht ein leiser Atemzug, verwundert, fassungslos. Der Riese still. Noch sechsmal wiederholt sich das Gemetzel, die Stämme werden über die Auffahrt hochgeschleift, von einer Art Bagger auf den wartenden Transportwagen gehievt und mit Ketten gesichert. Oberleitungen schauen uns an. Vater zählt an den verbliebenen Stümpfen Jahresringe. Er will sich eine Scheibe als Tisch herrichten lassen. Warum die Arbeiter nicht die ganzen Strunke gezogen hätten, frage ich. Die Wurzeln, sagt er, trieben zu tief, schon jetzt ragten sie bis weit in die Auffahrt, die bekomme man nie wieder heraus. Mutter wirkt erleichtert, Vater traurig, ich bin betäubt. An diesem Abend lag ich lange wach. Irgendwann fielen mir die Augen zu. Unter meinen Lidern eilten Wälder davon, nahmen Reißaus, uralte Wurzeln unter dem Erdreich aber stellten ihren Feinden nach, um sie in der Nacht zu holen. Krähen sammelten sich nun keine mehr, sie zogen fort. Das Brüderchen nahmen sie mit, sein Schatten verflog. Hätte ich nicht Jahrzehnte später Mutters Tagebuch gefunden und es dort selbst gelesen, ich hätte alles

Einbildung genannt. Noch etwas war seltsam, August. Es kam mir vor, als ratterten die Züge nun länger vorbei, endlos lang dauernde Minuten, was so gut wie unmöglich ist. Und doch unterbrachen sie unsere Zusammenkünfte spürbar. Zwischen den Schnellzügen der Nachmittage und den Güterwägen der Abende unternahmen wir nur mehr selten Versuche zu Gesprächen. August, ich habe das noch nie jemandem erzählt.

7 Riesen
77 x 77 Tintenvögel
7 Raben
1 Nestflüchter
1 Nesthocker, mutterseelenallein

23. November – *14 Grad. Sonnig. Zwanzig nach zwölf bis Viertel nach eins.* Beim Eintreten die Empfindung, das Geviert und ich, wir haben uns erquickt. Stimmen zahlloser Meisen, zartes Fiepen, munteres Gezwitscher, frohes Miteinander. Vielleicht rufen sie sich etwas zu. Die Versorgungslage großartig. Zwanzig, ach was, dreißig Meisen fliegen zwischen Büschen und Bäumen. Ich sehe sie bei den Baumhöhlen ein- und ausfliegen, als gäbe es

Nachwuchs zu versorgen. Um zu den Futterplätzen zu gelangen, haben sie eine eigene Choreografie entwickelt. Erst stürzen sie sich kopfüber in eine Art freien Fall, dann fangen sie den Sturzflug wieder auf und schwingen sich schließlich in springenden Wellenlinien bis ganz auf den Boden herab. Manchmal kann ich gar nicht sagen, ob es sich um Blätter oder Vögel handelt. Die letzten Tage, spüre ich, werden Meisenflüge sein, ein ewiges Auf und Ab.

1 Krähe mit Erdnuss
2 Tauben in Feld neun
5 Eichhörnchen in Feld vier, fünf, sechs, eins
x kleine Fliegen
x Vogelstimmen
Meisen, Meisen, Meisen
4 Flugzeuge (nach Süden)
Glocken halb eins
2 Familien
1 Paar auf einer Bank (Englisch sprechend)
2 Männer, unterhalten sich über Hebammen, eine sei auf Droge gewesen
1 Mann, fotografierend
3 Jogger
1 Gruppe Frauen

24. November – *11 Grad. Teilweise bewölkt, zwischendurch sonnig. Zwei bis drei.* Keine Ahnung, warum, August, aber die Stadt entlaubt nicht mehr alle Felder gleichzeitig. Die Flächen nun ein zusammenhangloses Raster. Manche sind nackt wie im Frühjahr, andere sommerlich grün, wenige noch herbstlich. Zwischen Feld fünf und neun glänzen riesige goldene Seen. Die Baumstämme ragen gleich Fontänen aus ihrer Mitte. Ich frage mich, nach welchem Gesetz es funktioniert. Wer entscheidet, ob ein Baum sich in der Nacht ausschüttelt oder am frühen Morgen? Bisher habe ich es immer verpasst. Darunter zu stehen, wenn es geschieht, muss wie im Märchen Sterntaler sein. Heute Morgen im Radio einen Beitrag über Berliner Friedhöfe gehört. Ein evangelischer Pfarrer berichtet, dass sie in den Sommermonaten als Park genutzt werden. Man mache dort einen Morgenspaziergang vor der Arbeit, verzehre sein Pausenbrot auf einer Bank unter Bäumen, gehe mit seinen Kindern auf Entdeckungstour, beobachtet die Eichhörnchen oder den Imker bei seiner Arbeit an den Bienenstöcken. Auch die Friedhofsverwaltungen hätten verstanden. In Berlin arbeite man daran, den 21. Juni als *Lange Nacht der Friedhöfe* ins Bewusstsein zu bringen. Es gebe ein Open-Air-Konzert, dazu Lesungen an Gräbern bekannter und unbekannter Verstorbener, schließlich nehme man noch gemeinsam einen Umtrunk. Die

Gespräche gingen erstaunlich tief. Der 21. Juni ist weiter weg, als Berlin je sein könnte. Entdecke erste Schimmelspuren, weißpelzige Beläge in den Scheinfrüchten. Jäh fällt mich ein kalter Schrecken an. Dort, wo die Schale gebrochen ist, entblößt sich eine grobfaserige Textur. Feucht ist das Gewebe, mittendrin erkenne ich den tiefschwarzen Kern. Das unterscheidet sie von dem Dutzend bei mir zuhause. Auch sie sind tiefbraun geworden, aber keinem Wechsel aus Kälte, Hitze und Feuchte ausgesetzt. Vielleicht wähne ich sie in besserem Zustand, als sie sind.

19 Meisen
4 Krähen
1 kleines schwarz-weißes Insekt
Etliche Krähen beim Spielplatz
7 Fußgänger
3 Frauen mit Rollatoren
2 Frauen mit Kinderwagen
1 Kind, stolz im Laub
1 Turnerin dehnt sich an unserer Bank
Glockenklänge
Verkehrslärm

25. November *– 3 Grad. Milchig trüb, in der Früh Nebel. Acht bis halb neun.* Ich brauche, um zum Geviert zu kommen. Es ist früh, aber ich will die Schwaden sehen. Vier Scheinfrüchte, allesamt schwarz wie ihr Name, liegen auf der Grabsäule Kolbs. Akkurat wurden die Kugeln abgelegt, arrangiert nach Art der Keplerschen Vermutung. Ein Gedanke lässt mich nicht los. Kann es sein, dass Kolbs Vermessung der Welt ein Ersatzfeld für verweigerte reale Gestaltungsmöglichkeit war? Dass das Scheitern der bürgerlichen Revolution und der Demokratie zu den Scheinfrüchten statistischer Selbstbestimmung führt?

Einige Ameisen
2 Krähen

26. November *– 11 Grad. Früh diesig, dann bewölkt, aber zwischendurch sonnige Streifen. Drei bis Viertel nach vier.* Laubhalde weg. Ahorne lassen nun los, Rotbuchen teilweise noch voll. Die Meisen erneut in ihren kraftvoll hüpfenden Linien, sie rauschen so rasant in die Sträucher, dass durch ihr Einmünden immer wieder Blätter herabfallen. Bleibe lange stehen, dem Strauch selbst kann ich mich immer nur um ein Weniges nähern.

Mittlerweile, August, bin ich mir sicher, dass sie spüren, wenn meine Blicke nach ihnen haschen. Sie nehmen Augen-Blicke anders wahr. Ihre Leiber so zart wie Luft.

15 Meisen, aufgeregt
1 Frau auf Bank
Baulärm
1 Flugzeug
Passanten
Etliche Banksitzer
1 Mann mit Kind
St. Josephs Glocken

27. November – *11 Grad. Bewölkt, regnerisch.* Hinweis der Bibliothek erhalten, deine *Composition* liegt für mich im Musikalien-Lesesaal bereit. Als Teil einer aufwendig gestalteten Liedersammlung darf ich sie nur unter Aufsicht anschauen. Thema scheinen die schöne deutsche Landschaft und die große Kulturnation zu sein, die *Heimatklänge aus der Pfalz* schmücken Vignetten mit Nationalheiligtümern, denkwürdigen Städten und Flüssen. Für die meisten Kompositionen wurden farbige Lithografien ausgewählt, das *Altdeutsche*

Minnelied vom Mönch Werniher von Tegernsee ist ebenfalls nur in Schwarz-Weiß. Dein Lied *Ich trag' dich tief im Herzen mein* will nicht recht dazu passen, scheint mir. Ein klassisches Liebeslied. Immerhin, anders als die meisten hast du deinen Beitrag ganz und gar selbst kreiert, angefangen von den Versen über die Melodie bis hin zur Zeichnung. Rein schwarz-weiß illustrierst du das Blatt. Im goldenen Schnitt ein mächtiger Baum, unter seinem Schatten ausruhend ein Wandermaler. Sag, bist du das? Der Bart könnte passen. Ein Spazierstock lehnt am Baum, ein Skizzenblock mit großen Schleifenbändern auch. In der Mittelachse hebt der ausgestreckte Arm des Ruhenden den Hut wie zum Gesang oder zum Gruß. Eingeritzt in die Rinde der Name ROSA, darüber drei Herzen, darunter am Baum die Zeichenkladde mit der Beschriftung SCIZEN. Ganz oben auf der Inititiale ein turtelndes Taubenpaar, oben links, versteckt im Gebüsch, erneut zwei Hasen. Ich hätte gerne gewusst, wie dieses Lied klingt. Und ich hätte dich gerne spielen gehört.

***28. November** – 9 Grad. Bewölkt, regnerisch. Mittags zwölf bis zwei.* Meine Schrift immer unleserlicher. Sollte mich kürzer fassen. Grablichter auf einigen Gräbern, auch auf dem, das von Efeu ganz eingewachsen ist. Eine weggerollte Scheinfrucht aufgehoben und auf Kolbs Grab zurückgelegt. Am Boden eine große Kürbishälfte. Jemand legt wieder Futter aus.

7 Grablichter
1 Fütterer?

29. November *– 7 Grad, später 8 Grad. Bedeckt und regnerisch. Zwischendurch leichte Sonnenstrahlen. Viertel vor elf bis Viertel nach elf.* Passiere die Adalbertstraße, rieche den Teer. Endlich, die aufgerissene Straße soll verschlossen werden. Die Angorakaninchen scheint der Krach nicht zu stören, dabei setzt ihren Organismen Lärm genauso zu wie unseren. Zufrieden oder nervös mümmeln sie ihr Gemüse. Wagmüllers Sarkopharg winterfest gemacht, mit Holz verschalt. Werde ihn vermissen, vielleicht mehr als üblich, weil ich mich nicht aufs Frühjahr vertrösten kann. Nur ein ununterbrochener Kreislauf gibt Halt. Suche meine anderen Lieblinge auf. Den Engel, den Geigenspieler, den Taubenschlag, den guten Hirten. Früher quälte mich der

Gedanke, dass er geschlachtet wird. Dabei freut er sich doch über jedes Lamm, das er wiederfand. Jesus, sagte der Pater in der Schule, war Hirte und Lamm zugleich. Das verstand ich nicht. Wohl, dass Jesu Vater einer war, der Fallen stellt. Der prüft, wie folgsam die Seinen sind. Der grausame Strafen verhängt. Kinder als Opfer verlangt. Böse und gut zugleich ist. Abraham tat, was Gott ihm auftrug. Schon hebt er sein Messer, will den eigenen Sohn Isaak töten. In letzter Sekunde fährt ihm ein Engel in den Arm, zaubert einen Hammel ins Gestrüpp. Was, wenn Gott auch Vaters Glauben prüft, wenn der Engel diesmal keinen Bock schickt? War Vater gehorsam und gottesfürchtig genug? Der Pater in der Schule sagt, ER sehe alles. Darum muss ich abends mit Mutter um Beistand bitten:

Heiliger Schutzengel mein, / sag es mir ins Ohr hinein / wie ein braves Kind muss sein. / Jede Stunde schütze mich, / darum bitt' ich herzlich dich.

1 lieber Gott
1 böser Gott
1 Vater
1 Kind
1 Lamm

1 Pater
1 Schutzengel
1 Gebet

***30. November** – 5 Grad. Meist bewölkt, in der Früh sonnige Abschnitte. Viertel vor fünf bis Viertel nach fünf.* Wie Kulturen ihre Toten fassen, welcher Natur sie ihre Toten übergeben, sagt viel. Über die, die gehen, aber noch mehr über die, die zurückbleiben. Der Abstand zwischen jenen und diesen ist ein Zwischenraum, bleibt eine Leerstelle, in allen Kulturen anerkannt. Riten, Rituale und Symbole markieren diesen Spalt. Sie bahnen einen Weg zu ihm oder belegen ihn mit einem Bann, sie kennzeichnen die Bedeutung des Lebens oder verwischen seine Spur. Zwischen den Lebenden und den Toten warten die Untoten. Sie können helfen, vermitteln, schaden, bedürfen selbst des Schutzes und benötigen die Lebenden beim letzten Geleit. Alle Völker der Erde nehmen diese Pflicht wahr. Nur in dem, wie sie den Zwischenraum besetzen, unterscheiden sie sich. Auf einem Wandgrab ein Strauß frischer Blumen. Die Arme der Statuette beidseits gebrochen. Als hätte sie eben noch getanzt, sich um sich selbst gedreht. *O meine müden Füße, ihr müßt* *tanzen / In bunten Schuhen, / Und möchtet lieber tief, tief / Im Boden ruhen.* Meine Fotos unwirtlich, dunkel, selbst mit Blitz.

2 Mädchen
Verkehrslärm
Glascontainereinwürfe
Verstecken spielende Kinder
1 Fahrrad-Rücklicht (der Radler?)

***1. Dezember** – 0 Grad. Bewölkt. Erster Advent. Elf bis halb zwölf.* Ich sollte mich vorbereiten. So vergleichbar der Tod, so verschieden die Praxis. Indigene, die ihre Toten dem hungrigen Urwald zurückgeben, nomadische Inuits, die sie dem tundrischen Himmel und dem arktischen Eis überlassen, geschützt gegen Tierfraß von einer wollenen oder fellenen Decke, Buddhisten, die der wandelnden Kraft des Feuers vertrauen, Hinduisten, die ihre Asche dem Ganges zur Reise mitgeben, Pantheisten, die Gestorbene dem Kosmos zurückschenken, Muslime, die Leichname waschen, in Tücher hüllen, nach Mekka ausrichten und begraben, Juden, die ihre Toten bei den Vätern versammeln und ihnen ein Säckchen Erde aus Israel unter das Haupt legen, Katholiken, die ihre Verstorbenen der Fürsprache der Heiligen empfehlen, Protestanten, die sie in Gottes Hand betten und in traumlosem Schlaf wissen, Materialisten und Freigeistige, die ihre Toten sich selbst überlassen, in Friedwäldern, in Gärten oder im Universum, nicht zuletzt in Kryocontainern, wo sie einen langen Winterschlaf antreten. Zahllose Völker sind vergangen. Ungezählte Gesellschaften, die über Jahrtausende ihre Kulte pflegten, sei es in Hünengräbern, Pyramiden, Nekropolen, Katakomben, Kolumbarien, Felshöhlen, Wäldern, Bäumen, Flüssen, Meeren. Ausgelöschte Völker. Eines verbindet sie. Alle wollten für ihre Verstorbenen das Beste. Warum sehen wir so selten die Gemeinsamkeiten?

2 Krähen
2 Tauben

2. Dezember – *0 Grad. Bewölkt, der Himmel bleich. Halb zehn bis zehn.* Der erste Schnee. Ohne ihn gesehen zu haben, spüre ich seine Gegenwart. Loser Puder, ein Hauch nur, ich weiß es dennoch. Schnee in Städten hört man sofort. Für eine kurze Zeit klingen die meisten Geräusche matter. Doch schon bald schmatzt aus den Reifen der Autos lauterer Krach als zuvor. Die Krähen draußen aufgeregt, schimpfend, angriffslustig. Muss mich sputen, will ich da sein, bevor die Schulkinder den Schnee von den Bänken aufklauben, um sie zu wässrigen Schneebällen zu formen. Ich komme zu spät. Auf unserer Bank waren sie schon, Treppen und Vorsprünge meistenteils unberührt. Hätte ich gerne selbst die ersten Spuren gemacht? Nein. Stillstehen wollte ich, jenen Morgen in Chiles Nationalpark suchen und sei es im schwächsten aller möglichen Abglanze. Damals Licht, Berge, Schnee in einer Unberührtheit, die den Hals zuschnürt. Jeder Schritt ein Sakrileg. Eisig die Kälte, und doch verbrennt die Sonne den Felsen. Der Fuchs, der plötzlich dasteht und mich reglos fixiert. Was immer das da draußen, das wir denkfaul ‚Natur' nennen, ist. ES braucht uns nicht. Eine Krähe setzt zum Flug an, durchschneidet die Pinie, ein leises Schwingen fährt in die weiß bestreuten Zweige. Mit einem Häubchen auf dem Kopf taucht sie im Feld vor mir wieder auf, landet schließlich in der Nähe des duftenden Schneeballs. Wie viele Weiß es gibt. Ein neues Geviert breitet sich aus, vertraute Ecken verändert, als sähe ich alles zum ersten Mal. Entdecke Grablichter an

Stellen, wo ich oft gegangen bin. Hätte geschworen, dort gäbe es keine.

1 Schneekrähe
2 Tauben unter der Tanne
12 Meisen im bereiften Gebüsch
6 neue Grablichter

3. Dezember – *4 Grad. Sonnig. Halb acht bis acht.* Die Angorakaninchen wieder draußen. An Unterwolle haben die Tiere mächtig zugelegt. Ihr flauschiges Fell ist winterfest geworden, wie ein schwerer Umhang hängt es herab. Gleich um neun, August, das dürfte dich überraschen, spontan mit dem Zug nach Lenggries. Wünsch' mir eine gute Fahrt, ja? Im leeren Abteil staune ich über mich selbst. Meinen Wagemut, kurz vor knapp. Andererseits, was habe ich zu verlieren? Vom Bahnhof wenige Schritte zur Marktstraße. Die Großbaustelle weithin sichtbar, der First des Gasthauses ragt offen ins Blaue, alles darunter eingezäunt in ein Gerüst. Auf halber Höhe ein Plakat: *Lebenshäuser. Einzigartig. Schön. Gesund.* Sein Inneres entkernt und mit Rigipsplatten verschalt. Nur das alte Holzschild mit dem

Posthorn über der Seitentür erscheint mir noch original. Eine große Tafel informiert über Nutzungsänderung und Sanierung. Auf der Baustelle Lärm, im Ort adventliche Geschäftigkeit. Niemand, August, weiß hier, wer Zimmer Nr. 4 bewohnt hat. Schräg gegenüber das Heimatmuseum. Über den Gasthof nichts. Fotodokumentation des Umbaus keine. Im Melderegister lässt sich ein Sommerfrischler Gemming nicht nachweisen. Schaue mich um in den Museumsräumen, lese von Armut und Not im Isarwinkel. Legendär die Halsenbauern, besonders der älteste Sohn Blasi, der beim Wildern ums Leben kommt. Auf einem Foto Vater und Sohn mit Gewehrbüchsen. Beide in Lederhosen, beide Janker, beide Hut. An den Beinen wollene Strümpfe mit verziertem Bund. Dein Titelbild. In der BOB, der Bayerischen Oberlandbahn, liegt auf einem der Sitze eine überregionale Zeitung. Lose zusammengeschobene Bögen, für andere liegen gelassen. Lasse mich auf dem Platz nieder, der sich noch warm anfühlt. Oberflächlich blättere ich in der Ausgabe, bleibe schließlich an einem Bericht hängen. Bundesregierung und Zentralrat der Juden verurteilen die Aktion des Zentrums für politische Schönheit. Das Künstlerkollektiv hat in Berlin eine Säule errichtet *gegen den Verrat an der Demokratie.* Aufgestellt am Platz der ehemaligen Krolloper soll sie an das Ermächtigungsgesetz erinnern. In dem Opernbau wurde das Gesetz, das die Gewaltenteilung aufhob, beschlossen. Zwei Jahre fuhr die Gruppe zu Orten, an denen Menschen von den Nazis ermordet worden waren, nahm Proben aus Böden, Flüssen, Wehren. Auf menschliche Überreste stieß sie, vergessene Asche fand sie auch. Der Kampf um Menschenrechte werde in der westlichen Welt viel zu höflich geführt, sagten die Künstler. Die Störung der Totenruhe wurde einem höheren Ziel geopfert. Ich spüre, dass mir das zu weit geht. Wer schützt die Toten vor Verzweckung? Haben wir Lebenden nicht eine Verpflichtung? Wer sich auf die Unantastbarkeit der Würde beruft, dabei selbst die Totenruhe gewaltsam verletzt, beschädigt den Boden, in dem Menschenrechte Wurzeln schlagen. Ja, doch, aufdeckendes Erinnern soll tief graben, muss Wahrheit aufdecken. Die Toten sollen Gerechtigkeit erhalten, aber so, dass ihr Gedenken würdig und frei wachsen kann.

1 Überlandfahrt
1 Lebenshaus
1 kleines Vergessen
1 großes Vergessen
1 Humanismus, aggressiv

***4. Dezember** – 4 Grad. Sonnig. Fünf vor zwei bis Viertel nach drei.* Die Reise kommt mir vor wie ein Traum. Wie unfassbar schnell sich Orte verändern. Bleiben ein obsoletes Konstrukt? Letzte Reste von Schnee in den Mulden der Blätter und Vertiefungen der Gräber. Der Boden trotz der Sonne angefroren. Über den Rasen zu gehen, fühlt sich seltsam an, wie Einsinken in Zeitlupe. Im Gras hat sich eine Schicht Raureif gebildet, meinem Gewicht gibt sie sofort nach. Das Erdreich jedoch leistet Widerstand. Die Krähen tun sich schwer. Mit der Kraft ihrer Schnäbel und ihrem kräftigen Halsmuskel entreißen sie dem Boden Spärliches. Heute hüpfen sie mir hinterher, staksen in verschiedenen Feldern. Vielleicht erhoffen sie sich etwas von mir, vergebens. Jemand hat zahlreiche Sträucher mit Vorräten ausgestattet. Die Kugeln hängen teils in Netzen, teils an Spiralen. In Feld vierzehn balanciert eine Krähe auf einem viel zu dünnen Ast und pickt Körner aus dem fettigen Rund. Als ich mich vorsichtig nähere, lässt sie ab. Zufällig entdecke ich einen Schwarznusskern. Er klemmt in der Astgabel des Nachbarstrauchs. Obschon er wie absichtlich verwahrt wirkt, könnte es auch bloßer Zufall sein. Hochgeschleudert von der Wucht der Laubbläser verfängt sich das Ding im Abzweig. Der Zufall ist blind, oder nicht? Unsinnig, nach einem Grund zu fragen. Es gibt keinen.

Warum ich, warum mein Hirn, meine Verzweigungen? Warum nicht ich? Wäre genauso richtig oder falsch. Nur, dass Glioblastome nie von allein wieder rausfallen. In einem Strauch neulich eine seltsame Ausstülpung gesehen. Als hätte jemand einen der langen Zweige verknotet und bewusst einwachsen lassen. Habe das Ding für einen Kokon gehalten. Erst jetzt, wo die Blätter ab sind, erkannt, dass es kein Fremdkörper mehr ist. Unbeeinträchtigt von der Geschwulst wirken Äste und Strauch. Der Busch hat Frieden mit dem Ding gemacht.

2 Krähen
2 Tauben
0 Eichhörnchen
Meisen zuhauf
1 Vater mit Kinderwagen
1 Mutter mit Kinderwagen
Jogger
Passanten
Mann mit Mütze, der Fütterer?

5. Dezember – *Minus 3 Grad. Trüb. Zehn bis halb elf.*
Werde mich heute kurzfassen, will morgen noch mal

ins Archiv. Ein Grab in Feld neun umklammert von Efeu. Die Zweige wachsen durchs Kreuz, wer nicht genau schaut, sieht es nicht. Ohne das flackernde Grablicht wäre es mir entgangen. Ein Antlitz wölbt sich aus dem Stein. Friedlich das Frauengesicht. Wohl eine Totenmaske.

1 neues Lieblingsgrab

6. Dezember, Nikolaus *– minus 2 Grad, im Laufe des Tages sonnige 7 Grad. Halb neun bis neun.* Hier und da Raureifreste. Von Osten flaches Licht. Die Birken häuten sich wie Reptilien. Stell dir vor, August, ich habe allerletzte Schwarznüsse in einer Grabnische gefunden. Wann wurden sie dort abgelegt? Sogar jetzt zeigen sie noch gelbe Areale. Seltsam, dass ich sie bislang übersehen habe. Ich vermute, die Lufttemperatur hat sie länger frisch gehalten. An das Grab selbst erinnere ich mich gut, der Name lässt sich nicht mehr entziffern, nur, dass es sich um ein Familiengrab handelt. Das auf seiner Front angebrachte Relief hält der Wetterseite nicht mehr stand. Die Gussform ist zu sehen, der Galvanoüberzug blättert ab, rötlich liegt die Terrakotta bloß. Ein Engel reicht Jesus den Kelch. Die Kleeblättchen auf dem Rasen tragen Perlenkränze aus Raureif. Später Archiv, im Lesesaal eine Frau, das Personal hat gewechselt. Passend zum heutigen Tag Nikolausgaben. Auch Knecht-Ruprecht-Überraschungen kommen aus dem Sack. So langsam ergibt sich aus Versatzstücken ein Plot. Elf Jahre nach deiner aktiven Zeit bringt dich ein Gedicht vor Gericht. Ein *anonymer Denunziant* reicht das Corpus Delicti 1881 beim Staatsanwalt ein. Ein Verfahren wegen staatsgefährdenden Verhaltens wird eröffnet, die Sache gründlich untersucht. Wenn ich es richtig kapiere, sitzt du knapp ein halbes Jahr in Untersuchungshaft. Im militärgerichtlichen Urteil spricht man dich zwar am 22. Januar 1882 frei, um ein Haar büßt du aber sämtliche der dürren Pensionsansprüche ein. Es wäre das Ende, zehn Jahre, bevor das richtige kommt. *Seiner Majestät des Königs von Bayern bekannte Gerechtigkeitsliebe ließ dieses aber nicht zu,* hebst du hervor. Gewiss hast du gehofft davonzukommen. Wieder einmal. Ein halbes Soldatenleben funktioniert dein Muster: Auf jeden Streich ein Rüffel, auf jede Posse Arrest. Der Auszug aus deinem Strafregister, sorgfältig verbunden mit blau-weißer Kordel, ist ansehnlich. Inzwischen zählst du mehr Neider als Gönner. Über eine Dekade bist du außer Dienst, wahrscheinlich entgeht dir, dass die Armee begonnen hat, sich zu verändern. Du selbst hältst in deiner Rechtfertigungsschrift fest, dass *das Preußische Regiment* seit 1870 auch in der Bayerischen Armee *Anwendung findet.* So wird dein *Produkt einer übermüthigen Laune* zusätzlich zum Gegenstand einer Prüfung vor dem Ehrengericht eines Offiziers-Korps. Eingeführt nach Preußischem Vorbild, urteilt er über standesrechtliches Wohlverhalten und prüft, ob *eine Gefährdung der öffentlichen Moral* von ihm ausgeht. Das delikate Poem, das den vielsagenden Titel *Nur für Männer* trägt, zirkuliert während einer Feier unter Geladenen. Ein Freund habe *ohne meine Veranlassung* 100 Exemplare drucken lassen. Ach komm, Gemming, das glaubst du doch selbst nicht, wie soll dieser Freund, ein Architekt, der praktischerweise inzwischen verstorben ist, wie du schreibst, denn den Text bekommen haben? 40 Stück habest du *persönlich nur an nähere Bekannte verschenkt.* Sicherheitshalber hättest du alle verbliebenen Exemplare verbrannt. Alle verbliebenen? Warum denn nicht alle ausgehändigten? Ich denke, dir gefiel das Spiel mit dem Feuer, deine Chuzpe berauscht dich am allermeisten selbst. Das Gedicht enthielt Saftiges, Zeilen voller Anzüglichkeit oder sollte ich besser Bezüglichkeit sagen? Ein Schlüsselgedicht, wer mag, erkennt sich wieder. Die Motivation für diese *hochinteressante*

Räubergeschichte beschreibst du in deiner Rechtfertigungsschrift so: *Was würden Sie als Millionär thun?*, habe eine hochgestellte Person dich gefragt. Schlagfertig hättest du entgegnet, dass es dir *ein Leichtes wäre alle Monat 20 Millionen zu verbrauchen* – und dass du die Antwort in Versen zu geben gedächtest. Deiner kühnsten Fantasie habest du volle Zügel schießen lassen. Ideale Schlösser entworfen, so dass ein *Chiemsee Linderhof* einem als *Spelunke* vorkommen müsse. Taktisch klug, verzichtest du auf den vollständigen Abdruck. *Es wäre besser nicht gemacht worden*, schiebst du kleinlaut nach, es sei ja lediglich *ein keinerlei Interesse gefährdender, harmlos gemeinter und gebotener, wenn auch etwas trivialer Scherz* gewesen. Vergeblich. Die Herren des *Ehrenrath des Offizier-Corps des Königlichen Infanterie-Leibregiments* reagieren empfindlich. Wahrscheinlich hat deine Fantasie die Realität touchiert. Denn die Schlösser, die der Kini errichten lässt, verschlingen märchenhafte Summen. Mit Sprachspielchen auf Kosten Seiner Majestät gehst du zu weit. Die standesbewussten Herren verstehen keinen Spaß. Es zählt nicht, dass du *weder einen Vaterlandsverrath, Raubmord, Nothzucht, Unterschlagung, Bomben-Attentat – Urkundenfälschung oder Meineid* begangen hast. Dass du vor dem Militärgericht freigesprochen wurdest. Du bleibst verdächtig, stehst auf der Abschussliste. Der Rat wertet dein Verhalten am 9. Februar 1882 als unehrenhaft. Dich, den königstreuen alten Dackel, trifft die symbolische Strafe tief. Sie verbietet dir, die Offiziersuniform zu tragen. Vielleicht erwähnst du deshalb in deinen Gedichten öfter das blaue Tuch. Es dürfte dich stärker geschmerzt haben, als du in deiner Verteidigungsschrift zugibst. Zumal in München, anders als in London oder Paris, die Uniform noch lange Pflichtkleidung ist. Ein Dresscode, wie er buchstäblicher kaum gelesen werden kann: Wir – und die anderen, wir, der militärische Stand, und ihr, der zivile. Im Interesse deiner Ehre – *als Mensch und der sogenannten „Offiziers-Ehre“ – (einer Extra-Ehre, welche andere Civilkleider tragende Sterbliche niemals theilhaftig werden können)* – meldest du dich per Drucksache zurück. Gibst noch lange nicht klein bei. Im Gegenteil, du versuchst, deine Feinde in der Armee, die zuerst dich *zu fassen* versuchten, nun mit publizistischen Mitteln zu schlagen. Aber geht das Kalkül auf? Unbemerkt bleibt deine *Flugschrift* jedenfalls nicht. Die Bürokratie reicht das Schreiben geflissentlich weiter. Dein Flugblatt soll ausdrücken, wie ungerecht das Urteil ist. Der grandiose Gemming mal wieder zu Unrecht verfolgt. Ein Unschuldsnarrativ. Du, der brave August, zu Unrecht abgeurteilt, entehrt und zu Tode gehetzt. Alles aufgrund preußischer Unkultur. Dein Fazit so einfach wie geläufig: *Viele Hunde sind des Hasen Tod*. Spät, fast schon im Dunklen, kurz zum Friedhof. Am Grab der in München gestorbenen Kriegsgefangenen leuchten zwei Kränze. Die Kranzbinden in den Nationalfarben nennen die Absender: Die Französische Generalität und die U.R.A.C., eine Vereinigung der in München lebenden französischen Reservisten und Legionäre. Die Grabstätte wurde mit Spenden der deutschen und französischen Mitglieder sowie mit Unterstützung des Staates renoviert. Unschlüssig kehre ich um. Tue ich dir Unrecht? Spielt man dir übler mit als nötig? Und vor allem: Darf die Satire nicht alles? Nie habe ich dir Blumen gebracht, geschweige einen Kranz.

5 weiße Rosen
4 weiße Lilien
7 graue Disteln
4 Zweige mit roter Kornelkirsche

7. Dezember – *8 Grad, später 11 Grad. Frühnebel, bewölkt, anfangs regnerisch, bald aufgeheitert. Sogar sonnige Abschnitte.* Versuche, das im *Personal Act*

Erfahrene zu verstehen. Hat dein ominöser Nacktritt hier seine Wurzeln? Nach dem Motto, na wartet, euch hab ich's noch jedes Mal gezeigt? Möglich wär's, gerade bei einem gekränkten Sturkopf wie dir. Andererseits, für einen kurzen Akt der Genugtuung weitere Schmach und Strafen riskieren? Willst du deinen Ruf als Enfant terrible festigen, ein Original, das immer neuen Schabernack treibt? Warum überhaupt als Cheveauleger, du warst doch Infanterist, nicht Kavallerist. Steckt darin eine Sottise? Eine verklausulierte Botschaft an Feinde oder Freunde? Gleichviel, ob erfunden oder gemacht, ich muss zugeben, die Wette beweist Raffinesse. Eine aufgemalte Uniform ist eben de facto keine, man trägt sie und trägt sie auch wieder nicht, juristisch kannst du schwer belangt werden – höchstens fürs Nicht-Tragen. Auf jeden Fall treibst du ein virtuoses Spiel mit Schein und Sein. Nur wem, du dummer August, dient dein Großtun? Die Posse bleibt ein Wagnis, sie dürfte dich um deine letzten Verbündeten gebracht haben. Ich frage mich inzwischen, ob es diesen Ritt überhaupt gab. Geschichten, erst recht gute, verselbstständigen sich, kriegen Beine. Kollektive Legendenbildung. Vielleicht will man es gar nicht so genau wissen in der Heimat. Die Umstände sind wenig vergnüglich. Mit den Jahren wird aus einer entzogenen womöglich eine ausgezogene Uniform. Sprich, Gemming, damit ich dich sehe.

14 Meisen
2 Krähen
2 Tauben
1 Angorakaninchen

8. Dezember *– 11 Grad. Sonnig, ab und an bewölkt, leichter Wind. Eins bis zwei.* Zweiter Advent, eindeutig zu mild. Das Eichhörnchen sitzt auf dem Futterkasten, raspelt lautstark an seiner Walnuss. Es lässt mich noch näher ran als sonst. Ich mache ein Video. Irgendwo weiter vorne am Eingang klopft ein Specht. Zwei Jugendliche, ein Junge und ein Mädchen, auf der Bank zwischen Feld neun und Feld dreizehn lassen Fotos vom Selbstauslöser knipsen. Sie könnten Geschwister sein, doch aus der Art, wie sie sich balgen, im Spiel um die beste Pose immer wieder neue Zufallsberührungen erfinden, schließe ich auf ein junges Paar, das sich seiner Verliebtheit kaum bewusst ist. Plötzlich durchschießt mich ein Gedanke. Gebildet hat er sich vielleicht schon länger, bewusst wird er mir erst jetzt. In fast allen Liebesgedichten inszenierst du stereotype Frauenrollen. Unerreichbare Töchter von Müttern und Vätern bürgerlichen Standes, unverbindliche Tanzpartnerinnen, austauschbare Feinsliebchen oder billige Prostituierte. Stets wird eine Bindung verhindert. Meist reicht das Geld nicht, der Mutter der Angebeteten missfällt das blaue Tuch, ihrem Vater der niedrige Rang. *August Karl Gemming, ledig,* schrieb der Standesbeamte in die Sterbeurkunde. Wann hast du aufgehört, Ungereimtes zu erklären? Wann wurden verpasste Chancen zur Regel? Wann konntest du die Wahrheit nicht mehr übersehen? Haben deine Hasen doch Methode?

2 Jugendliche auf der Bank
1 Vater joggend, Kind auf Fahrrad
1 Jogger mit Camouflagebermudas
1 Specht, gehört
1 Eichhörnchen
10 Hasen, gemalt

9. Dezember – *8 Grad. Bewölkt, blaue Aufrisse. Halb acht bis halb neun.* Heute Haupteingang. Unverhofft wieder Tauwetter. Die milde Lage beschert Frisches. Etliche Meisen picken im Moos nach Larven und

Insekten. Die Knödel und Ringe mit Vogelfutter in den Bäumen, aber auch die Erdnüsse auf den Grabsteinen lassen sie links liegen.

2 Krähen
2 Tauben
25 Meisen
Schwirrende Insekten
Passanten
1 Flugzeug

10. Dezember – *minus 1 Grad.* Der plötzliche Wechsel zwischen warm und kalt zehrt. Aspik im Eisfach. Für uns beide, die Geschwulst und mich, zu wenig Platz. Stelle mich auf Schrumpfzeit ein. Schwanke durch die Wohnung, der Flur ein Labyrinth. Kein Besuch, dafür

1 Raumforderung

11. Dezember – *minus 1, dann 0 Grad. Feste Wolkendecke. Später zaghaft, sonnige Streifen. Zehn bis elf.* An EMREs Tor ein Luftballonrest. Wer hat ihn dort hingehängt? Sein fleischiges Rosa ist außen verblasst, innen dunkel, ein seltsam speckiger, feistglatter Glanz. Ich muss an einen Schnitt in Hirnhaut denken. Der Farbe nach dürfte er schon Wochen, Monate gar dort hängen. Wie konnte ich ihn so lange übersehen? Der Specht, höre sein Schnabelklopfen. Ahnte, wohin mein Blick sich wenden müsste, und wirklich, August, da saß er. Ganz klar seine Kontur, die Zeichnung seines Kopfes. Markant schwarz-weiß-rot. Ein Wunder, dass er am Baum nicht stärker auffällt. Plötzlich verlässt er seinen Platz, taucht pfeilschnell in exakt den Strauch ein, an dem ich zwei Meter später vorübergehen werde. Er schien mir vorauszufliegen, auf mich zu warten. Seine Größe überrascht mich. Weil ich ihn nie von Nahem sah, hielt ich ihn für viel kleiner. Reflexhaft taste ich nach dem Handy. Kaum habe ich Kamera und Zoom gefunden, zieht er auf und davon.

2 Krähen
1 Luftballon
1 Specht
1 selbst schuld

12. Dezember – *8 Grad. Bewölkt, blaue Aufrisse.* Der Duftschneeball macht seinem Namen Ehre. Süßlich intensiv und verführerisch fremd riecht er bei EMLI an der Mauer. Möchte hineinsinken ins Gift. Lange vergeblich versucht, den Winterblüher zu identifizieren. Die letzten Blüten und Blätter hingen so hoch, dass keine Draufsicht möglich war. Ich versuchte es aus der Distanz, bekam dadurch mehr Umfeld mit in den Sucher. Als ich das Foto hochlade, meldet die App: *Ungewöhnliches Pflanzenbild,* und als Zusatz: *Unsere Algorithmen erkennen in diesem Bild folgendes Objekt: Mauer. Möchten Sie mit diesem Bild fortfahren oder es erneut aufnehmen*? Stell dir das mal vor, August. Wenn alles inventarisiert ist, jeder Eindruck schon erfasst, bleibt von der Welt wenig mehr als ein virtueller Katalog. Unverhofft auf einem Grab eine Muschel entdeckt, sie weckt Sehnsucht in mir. Nach der See.

2 Krähen
2 Tauben
0 Eichhörnchen
1 Muschel

13. Dezember *– 6 Grad. Regnerisch, sonnige Aufrisse. Starker Wind.* Wieder einen Buntspecht gesehen, mehrfach hat er sich gezeigt, direkt in Feld fünf. Sein Federkleid leuchtet. Es müssen mindestens zwei sein, vielleicht sogar vier. Dazu das Eichhörnchen, das sich wie damals den Stamm runterschraubt. Oben im Baum Kohlmeisen. Sie besetzen eine Baumhöhle, fliegen raus und rein, als hätten sie Nachwuchs. Sie wissen genau, wann ich zu ihnen hinsehe, sind mal scheu, mal munter.

8 Fressringe in Bäumen und Sträuchern
6 geknackte Walnüsse um dein Grab
5 Orangenschalen neben dem Zwiesel
1 Kotwurst neben der Bank (Hund? Mensch?)

14. Dezember *– 8, später 9 Grad. Bewölkt mit stürmischen Böen. Die Regenwahrscheinlichkeit beträgt 30 Prozent. Viertel nach zehn bis zwölf.* Der Wind heult durch alle Ritzen. Er rüttelt an den Scheiben, fährt unter die Markise, bauscht das schwere Tuch, als wäre es ein leichter Sommerrock, er wirkt ungeduldig. Böen bis 5 Beaufort, über 70 Stundenkilometer, sind gemeldet. Widerwillig stelle ich mich auf mehr Jogger ein, sie gehören zum Wochenende, ob ich sie mag oder nicht. Angekommen, wagt sich die Sonne hervor, die Wolkendecke reißt unter Sturmböen aus Südwest. Es gibt nun einen blauen und einen grauen Himmelsteil. Als stünde ich unter einem Wetterhäuschen und hätte in der Hand, welches Figürchen herausdarf, welches Land ich betreten möchte. Entscheide mich für Sturm, einen Tag wie auf hoher See. Die Bäume, deren Kronen noch Blätter tragen, rauschen in der grauweißen Himmelsbrandung, die entlaubten Zweige strecken Arme und Hände aus dem Wasser, Ertrinkende, die hoffen, sich auf den Wellen halten zu können. Ein Vogel am Himmel hat Mühe, nicht abzudriften. Im Trudeln der Äste scheinen selbst die Stämme zu wanken. Trotz der starken Böen sind ungewöhnlich viele Besucher da. So viele, dass es mir schwerfällt, die Joggenden auszumachen. Erst führe ich die hohe Zahl auf das immer besser werdende Wetter zurück, der blauweiße Himmel gewinnt im Wettstreit der Winde, er siegt über das Grau. Mit Sonne kommt mir der Wind gleich viel weniger fordernd vor. Ziehe quer über die Rasenflächen, wähle Wege, wo mir die wenigsten Menschen begegnen können. Überall liegen abgebrochene Äste. Getrocknete, mürbe Zweige, ummantelt von hellgraugrünen Flechten. Wünschelruten finden sich darunter, auf nichts weisen sie mehr hin. Will wissen, wie es dem Gold-Schüppling im Wind ergangen ist. Seine nah an der Rinde sitzenden Stängelchen sind welk, alle Hütchen eingefallen und dunkelbraun geworden, teils mit schwarzen Stellen. Das einzige Foto, das ich heute mache, ist von ihm, alles andere Video. Treibendes lässt sich nur im Fluss verfolgen. Das Wetter nun richtig schön geworden, schön und windig, wie an einem Sommertag am Meer. Ich suche mir eine Bank, um die vorüberziehenden Menschen zu beobachten. Überschlägig zähle ich mindestens siebzig Personen im Geviert. Jugendliche, Erwachsene, Kinder. Deutsche, englische, spanische, italienische, französische, rumänische und japanische Wortfetzen fliegen vorbei. Einige laufen in Gruppen, andere einzeln, alle schauen auf ihre Smartphones, manche sogar auf zwei, viele tragen einen rot-weißen Ball in der Hand. Sie scharen sich um das große Kreuz in lockeren, halbgeschlossenen Kreisen, als würden sie dort etwas Großes erwarten. Das kann doch keine Folge des schönen Wetters sein! Eine Frau trägt eine gelbe Umhängetasche, die aus nichts als einem possierlichen Gesicht im Kindchenschema besteht. Das an einen Hasen erinnernde leuchtende Tier hat kreisrunde rote Bäckchen und schwarze

Kulleraugen mit weißem Fleck. Wenn die Frau sich bewegt, schlappen die langen Ohren mit den schwarzen Spitzen an der Comictasche vornüber. Auch sie tippt auf ihrem Smartphone. Gleitend reihe ich mich ein in den Pilgerstrom, laufe eine Weile einfach mit. Nach und nach schließe ich auf und frage eine Gruppe Jugendlicher, die vor mir läuft und sich über das Handy eines Rothaarigen beugt, was es mit dieser Prozession hier auf sich habe. Überrascht bleiben sie stehen. Ihr Blick zeigt deutlich, sie halten mich für die einzige Außerirdische am Ort. An diesem Wochenende finde der *Pokémon Go Communitiy Day* statt, erklärt mir der Rothaarige. Es gehe darum, die virtuellen Taschenmonster zu fangen, durch die Handykamera könne man sie im Gelände entdecken und mit dem Ball treffen. Aber nur von elf bis eins. Ich bin baff, darf aber auf Bitten mal kurz auf seinen Screen schauen. Tatsächlich sehe ich da einen kleinen blauen Drachen, sein Name, Karnimani, steht über ihm. Das Tier wartet an Feld neun vor der Bank, die ich mit eigenen Augen jenseits des Handys sehen kann. Die Bank steht dort wirklich. Mit einem Mal stampft das Tier vernehmlich, Karnimani schnappt mit seinen Kiefern, jagt auf uns zu, explodiert aber plötzlich in einem grünen Laubberg. Fragend mein Blick. Die Jungen erklären mir, dass das Pokémon geflohen sei, Jagdchance vertan. Pech gehabt. Weitere Monster heißen Bummelz, Quiekel, Geckarbor, Somniam, Monozyto, Zapplardin. Viele sind Tieren nachempfunden, zeigen tierliches Verhalten. Die Monster sterben nie, wenn man sie angreift, sie verlieren höchstens einige Kraftpunkte. Die Spieler treffen immer wieder auf unterschiedlich starke Pokémon, die außerdem unterschiedlichen Typen angehören. Achtzehn gibt es, darunter Normal, Psycho, Pflanze, Kampf, Gestein, Wasser, Gift, Geist oder Fee. Zuhause. Von Wind und Sonne habe ich einen ganz heißen Kopf, meine Wangen in fiebrigem Rosa. Fühle mich erschöpft, kraftlos. Auf dem Sofa liegend, sichte ich meine Tagesbeute. Bis auf das eine Foto vom Goldschüppling nur Bewegtbild, sogar ein Video im Video ist darunter, das, wo ich den Screen des Rothaarigen filme. Es zeigt die reale Umgebung des Alten Nördlichen, Karnimani ist virtuell, aber die digitale Szene verbindet beides, meine Handschuhe, seine Daumen und meine Füße sind im Video zu sehen. Wir sind Teil dieser Welt. Ich lese über den Erfinder des Spiels, einen Japaner namens Satoshi Tajiri. Er habe die trockengelegten Tümpel seiner Kindheit bewahren wollen, dort, wo ihn einst echte Insekten faszinierten. Mit dreißig hat er das Spiel rausgebracht, es wurde über zig

Millionen Mal verkauft. Am PC erscheint alles noch viel klarer. Im Foto vom Pilzbüschel erkenne ich, dass sich seitlich ein Krater öffnet. Ob der Pilz das Loch in den Baum getrieben hat?

1 Karnimani
70 Jägersleute
1 Laubberg
1 Krater

15. Dezember, Sonntag, 3. Advent – *13 Grad, sonnig. Viertel vor zwölf bis eins.* Noch immer Wind. Noch immer Pokémon, noch immer Scharen, sogar mehr als gestern. Wie anders der Alte Nördliche wirkt. Erstmals weiche ich in Richtung Spielplatz aus, passiere die Birken, nehme abseits am Rand zwischen Feld sechzehn und fünfzehn Platz. Eine Krähe folgt mir. Vielleicht wundert sie sich, warum ich ausnahmsweise hier sitze, und schaut, was ich so treibe. Sie sind so schlau, ich fühle mich gleich durchschaut. Auch die Kohlmeisen scheinen vor der Invasion zu flüchten. Direkt vor mir tauchen sie nach Insekten im Strauch. In dem trockenen Laub, das vom Wind der letzten Tage lauter raschelt als sonst, kann ich sie nur mehr hören, sogar an einem hellen Tag wie diesem. Meine Sehkraft definitiv geschwächt. Es gelingt mir ohnehin nie, sie zu fotografieren. Meisen merken es ohne Ausnahme. Kaum gezückt, flüchten sie sofort. Wie Karnimanis springen sie auf, nur, dass sie nicht explodieren. Als raubte das Foto ihnen ihre Seele. Wozu brauche ich eigentlich all diese Schnappschüsse des Lebens? Will ich meine Dämonen bannen? Warum wage ich nicht, dem Flüchtigen zu vertrauen? Mich dem Unverfügbaren zu überlassen? Pünktlich, St. Joseph, in schönstem Dreiklang. Ein junger Mann, ein Jogger, schaut mich an, stoppt. Seltsam, meint er lächelnd, dass so viele Leute auf ihr Handy starren. Ich bin froh, dass er nicht gesehen hat, wie ich die Meisen mit der Handykamera einzufangen versucht habe Sage ihm, dass das am *Pokémon Go Community Tag* liege. Wenn ich es richtig verstanden hätte, würden alle Monster des ablaufenden Jahres an diesem Wochenende nochmals freigelassen. Was immer in der digitalen Trophäensammlung fehlt, heute gibt es die Chance, es zu fangen. Er grinst, lenkt das Gespräch auf meine Kladde. Ob ich schreibe? Früher hätte ich das Gespräch in Gang gehalten, jetzt lasse ich die Stille lang werden. Er jogge öfters hier. Dann, die Pause macht unser Treffen statisch, verabschiedet er sich: Auf bald mal! Ja, höre ich mich antworten, auf bald mal, vielleicht. Der ganze Wirbel im Geviert tut mir nicht gut, schlägt mir aufs Gemüt. Meine Beine führen mich zu Feld fünf, zur Linde, der Schwarznuss, dem Zwiesel. Möchte sie sehen, bevor ich mich verabschiede. Will wissen, ob sich die Nager vor der Pokémon-Crowd verstecken oder ob sie ihr Interesse weckt? Fast wie beim ersten Mal sehe ich ein Eichhörnchen an der Linde zum Nistkasten kreiseln. Dieses hat allerdings fuchsrotes Fell. Wo ich schauen muss, um sie zu finden, habe ich gelernt. Am Boden, sehr nah, verharren wir beide. Aus mehreren Ecken nähern sich Grüppchen, dazu eine Frau und ein Mann, klassische Fotografen mit großen Teleobjektiven. Sie schießen ihre Fotos sicher professionell. Der Nager, der am Boden angekommen ist, weiß plötzlich nicht, wohin, fühlt sich zu Recht verfolgt, ich selbst stehe auf einmal falsch, verbaue ihm wie eine Fallentreiberin seinen Weg. Sofort wende ich mich ab. Er flieht zum Baum zurück. Auf einem Ast kauert er, eher angespannt, kommt mir vor. Die beiden Fotografen freuen sich, leuchten um die Wette. Sie in Rot, er in Blau. Ihre auffällige Outdoorkluft macht sie zu bunten Vögeln, aus sicherer Entfernung starre ich sie an. Zum ersten Mal verstehe ich, warum

Brutgebiete vollkommen gegen Besucher abgeriegelt werden. Nach Hause, traurig.

1 Krähe
1 Specht, klopfend, nur gehört
1 Insekt mit Feenflügeln, zauberhaft glänzend im Gegenlicht
12 Meisen, geschätzt
1 Eichhörnchen, verfolgt
3 Birken
1 Spaziergängerin mit einem Nikolaus am Revers
120 Digitaljäger
2 Seelenfänger, rot und blau
1 Jogger mit Mütze und roter Jacke

16. Dezember *– 11 Grad. Bewölkt. Viertel vor bis Viertel nach vier.* Fasse es nicht, schon wieder ein Laub-Überfall, die Raubsauger waren noch einmal da. Am liebsten möchte ich ihre Macht brechen, eine einzige Karnimani-Attacke würde mir reichen. Wie gerupft wirken die Felder, plattgewalzt von schweren Reifen. Rund um deinen Baum und die Stele jämmerliche Leere. Ein Plastiktöpfchen steht am Boden.

Voller Verärgerung Behördeninfos gegoogelt. Bäume und Sträucher, gepflanzt auf städtischen Friedhöfen, Grünanlagen, Schulen und Kindergärten, verlieren rund 26.000 Kubikmeter Laub pro Jahr. Etwa 20.000 Kubikmeter Herbstlaub verbleiben durchschnittlich in den Gehölzpflanzungen. *Sie schützen die Bodenvegetation vor Frost, verrotten allmählich und bleiben so dem Nährstoffkreislauf erhalten. Außerdem dient das Herbstlaub der heimischen Tierwelt als Lebensraum und Winterquartier.* Blanker Hohn. Wie ausgeraubt sitze ich auf meiner Bank, versuche ein vertrautes Rascheln zu hören. Nichts. Ausgestorben das ganze Terrain. Nur einige Meisen sind es noch nicht müde. Eine Tierfütterin kommt. Füllt den Nistkasten. Klappert, klack, klack, klack, drei Mal mit dem Dach. Der Ruf der Krähen folgt unmittelbar. Krahr, krahr, krahr. Beim Weggehen murmelt sie etwas zu sich. Tue, als ob ich sie nicht gesehen hätte. Sie füllt die Plastikschale mit frischem Wasser. Zwei Fünfjährige auf einem Truhengrab. Ich bitte sie abzusteigen, sie turnen auf einem Toten, füge ich an. Wissen wir, ruft fröhlich der Mutigere der beiden. Sie wollten nur das blaue Ding ansehen, wussten nicht, was man damit macht. Sage ihnen, dass ich mich auch schon über das Blau gewundert hätte, die meisten Grablichter seien rot. Zeige auf eins an der Mauer. Die Jungen hören zu, springen runter. Der erwartete Widerspruch der Eltern bleibt aus. Bin ich altmodisch, weil ich den Toten ihren Raum lassen möchte, Respekt für ein Stück Stein, einige Knochen und Erinnerungen fordere? Im Radio heute die Meldung, dass Schulkinder eine Todesanzeige für ein anderes erstellt haben. Sie taten es aus Freude am Mobbing. Die Polizei ermittelt. Ich bin müde, August.

2 Kinder spielend
3 Kinder, mobbend
1 Flugzeug
1 Containereinwurf
1 Plastiktränke

17. Dezember – Meine Schwarznüsse zuhause sind leicht geworden. Sie trocknen von innen. Ihr Duft unverändert aromatisch. Bis auf eine lege ich sie in eine Tasche, bald müssen sie in den Boden. Kein Besuch heute. Will mich schonen.

12 Leichtgewichte

18. Dezember *– 11 Grad. Blauer Himmel, wolkige Aufrisse.* Denk dir, August, habe drei Schwarznüsse in der kleinen Schale bei Diez gefunden, am Grab von Wilhelm von Diez, dem Kunstakademieprofessor. Du weißt schon, der, der mit Kaulbach gearbeitet hat, jenem Maler, der du gern geworden wärest. Naturanlage hättest du gehabt, schreibst du irgendwo, nur leider habe der Vater davon wenig gehalten und einen Militär aus dir gemacht. Wer sie wohl dorthin gelegt hat? Die gleiche Person, die auch Kolbs Stele schmückte? Warum drei? Am Grab drei Zeichen, wie Wappenschilder. War sein Grab bemalt? Als Tränke taugt die Schale schlecht, der Rundbogen darüber hält Regenwasser doch gerade ab. Das stilisierte Bogenornament könnte Akanthusranken darstellen, Wein oder Efeu eher nicht, dann schon eher Feuerzungen. Ein Logenmitglied? Wie das Freimaurergrab in Feld zwölf, das mit Zirkel, Winkel und Auge, sieht es nicht aus. Wenn Symbole niemanden mehr finden, der sie versteht, macht das mit ihnen was?

3 Geheimzeichen
1 Verbündeter

***19. Dezember** – 11 Grad. Bewölkt. Zehn bis elf.* Immer neue Jogger überholen mich, kommen mir entgegen. Sollen sie doch im Luitpoldpark laufen! Die schönsten Wege fänden sie da und alle unter Bäumen. Monate, dass ich selbst da war. Einen letzten Besuch abstatten. Sein Kernstück, ein Obelisk, hat mir nie getaugt. Die Bäume drumherum schon. Ein Geschenk des Magistrats anlässlich des 90. Geburtstags von Prinzregent Luitpold. Symbolstark, mit der Pflanzung von Sommerlinde Nr. 90, wurde der Park eröffnet. 25 Eichen und 90 Linden rund um eine Steinsäule, ausgesetzt auf freiem Feld. Seine Königliche Hoheit erfreute das Ehrenmal nicht lang. Bei einem Spaziergang im Englischen Garten verkühlte sich der Greis, eine Bronchitis folgte und wurde ihm zum Verhängnis, er verschied, zwölf Tage vorm Weihnachtsabend 1912. Warum schenkt sich eigentlich nie die Demokratie einen Park? Der Geburtstag des Volkssouveräns verpufft mit Reden und Events. Pflanzt mehr Bäume!

12 Jogger

***20. Dezember** – 11 Grad. Bewölkt. Drei bis vier.* St. Josephs Glocken ertönen, die Vier-Uhr-Flieger dröhnen am Himmel. Zeit für den Heimweg. Vorbei am Goldfell-Schüppling, der in seinem tiefen Dunkelbraun alles andere als golden aussieht. Marode die einst gespitzten Hütchen, die Stängel geknickt. Der fällt bald.

1 Pilzbüschel, verscheidend

***21. Dezember** – 7 Grad. Bewölkt. Elf bis Viertel nach zwölf.* Aufrisse von Sonne. Birken. Ihre Kronen anmutig, graziler als sonst. Das grüne Blätterkleid haben sie abgelegt. Aus angelaufenen, dünn gehämmerten Messingtalern besteht ihr Untergewand. Die Stämme leuchten weiß. Unten geschwärzt von Feuer, zeigen sie auf halber Höhe Brandmale, schamanische Zeichen, rituelle Ritzungen, Totempfähle vielleicht. War es in einem Schulbuch oder in einem Katalog eines Museums? Schneeweiß mit schwarzen Narben standen die schlanken Bäume in einer offenen Landschaft. Wer in sie eingehen könnte. Will nach Hause, August. Im Gegenlicht ein letztes Insekt, seine flirrenden Flügel sprühen Lichtfunken. Für einen Moment halte ich es für artifiziell, eine digitale Täuschung, ein Pokémon, so irreal ist sein Glanz. Lasse meine Augen vom

Strahl der Sonne treffen, jetzt will ich blind werden, weil ich ahne, dass das Dunkel eigene Farben bewahrt. Laufe mit geschlossenen Lidern. Wenige Schritte nur. Obwohl ich den Weg zu kennen meine, verliere ich Vertrauen. Alleine gehen, noch geht es nicht. Öffne meine Augen, nehme Pixel, Raster, beschattete Felder wahr. An den Rändern Prismen, Farben in einem fremden Lichtspektrum. Low res, fehlender Speicher, denke ich. Vor mir führt eine Gestalt einen Hund spazieren. Das Tier bleibt vage, als könne die ganze Datei nicht geladen werden. Einige Stellen im Bildausschnitt grau, rötlichbraun, an den Rändern türkis. Ich erahne eine Frau, ihr Arm ist seltsam gestreckt, als zeige sie auf eine drohende Gefahr. Ein Jogger weist sie auf das Hundeverbot hin. Plötzlich erkenne ich, wie sie und der Hund in einer Schnur aufgerollt werden. Wir sehen nur, was wir sehen können.

1 glänzendes Insekt
1 Birkenwald
1 Jogger
1 Frau mit Hund

22. Dezember – *6 Grad. Bewölkt.* Dosis erhöht, Wirkung schwach, Übelkeit, Brechreiz. Du im Fechtanzug. Auch meine Ausrüstung liegt bereit, komplett mit Maske, Handschuhen, Jacke, Unterweste, Hose, Strümpfen, Schuhen, dazu der Plastikschutz für meine Brust, die Brokatweste mit dem Körperkabel. Du willst, dass ich antrete, den Kampf aufnehme, mich ihm stelle. Jetzt nicht, August! Ich schaffe das nicht mehr. Es ist zu spät. Zieh – das – an, forderst du. Dumpf tönt die Stimme aus dem Helm, wie unnachgiebig sie klingt. Wütend schreie ich zurück: Lass mich in Ruhe! Ich weiß, dass du kein richtiger Fechtmeister bist, gelogen, nichts als gelogen, nichts als Hochstapelei, Lachen auf Kosten anderer, dein ganzes Leben der falschen Sache geweiht. Lass mich in Frieden, hörst du! Frieden, höhnt es zurück, welchen Frieden meinst du denn? Den, wo alle Masken endlich fallen, du dein wahres Ich finden wirst? Intellektueller Kitsch ist das, sonst nichts. Und wenn du von allen Lebenden auf der Welt die Haut bis auf die Knochen abziehst, hinter jeder Maske wartet eine neue Larve, findest du eine weitere Fratze, ein irrlichterndes Nichts, das sich Ich nennen will. So sieht's aus. Ich füge mich deiner Suada. Mit letzter Kraft ergreife ich die Hose, streife die Hosenträger über, lege die Brokatweste an, schlüpfe in die Handschuhe, stülpe die Maske über. *En garde!* fordert die Stimme, die ich zu kennen glaube,

Position! Wir nehmen Stellung, grüßen. *Touché.* Begreifst du, was ich sage? Ich höre meine eigene Stimme. Niemals werde ich von Haus zu Haus ziehen, bei keinem Gott läuten und bei keiner Parze, ich werde nicht um mehr Tage oder einen längeren Faden betteln, in einem Stück, das sowieso zu Ende geht. Mit oder ohne letzte Wahrheit. Ich werfe dem Universum keinen Fehdehandschuh hin, der Natur nicht und dem technischen Fortschritt auch nicht. Doch, parierst du voller Kraft, bedrängst meine Abwehr hart mit immer neuen Positionen. *Sixt!* Auf jetzt! *Quart!* Reiß dich zusammen! *Prim!* Gib nicht so schnell auf! Hast du mich dafür gefunden, all die Tage aufgesucht, mit dem Tod und seinen Kugeln Boccia gespielt, gegen alle Regeln des Lebens verstoßend. Beachte die Linie! Die eine hier und die andere in deinem Heft. Nichts steht da noch, nichts, da muss aber was sein, da steht doch längst was, du schaust nur nicht hin, ein Bruder, ein Feinsliebchen, ein Original, zwei Hasen. Falsche Identifikationen können tödlich sein. Ohne Ross kein Reiter, ohne Feinde kein Sieg, ohne Namen keine Belohnung, selbst schuld. Getroffen falle ich zu Boden, rolle mich zur Seite, krümme mich zusammen vor den unerbittlich um mich hüpfenden Füßen. Erschöpft ziehe ich meine Maske ab. Endlich, der Schmerz entweicht. Sofort verteilt er sich im Raum, nimmt als Schwarm von allem Besitz. Schmetterlinge,

Krähen, Fledermäuse und andere Flügelwesen schwirren umher, ihr Flattern, Sirren, Fiepen, Rufen erfüllt den Raum. Eine kurze Weile genieße ich die erzeugten Luftwirbel, drehe mein Gesicht mit geschlossen Augen in das Geflatter. Als ich die Augen öffne, erscheint meine Sicht gerastert, als schaute ich noch immer durch das Drahtgitter der Maske. Wie ein Nachbild spannt das feine Metall über mein Gesichtsfeld ein Netz. Es durchwebt alles, was zu sehen ist, alles kann sich mit allem verbinden, wachsen, blühen, fortpflanzen, sterben, atomisierte Quadrate, deren Kräfte in allen vier Himmelsrichtungen frei fließen, Fadenkreuze, die wandern, Ziele, nichts als kurze Zustände im energetischen Feld. Ich blicke zur Digitalanzeige. Der Meister führt. Ich bin geschlagen.

1 Netz
1 Schwarm
1 Meister
0 Ich

23. Dezember – *6 °C, feels like 4°. Cloudy.* Habe was verstellt, das Handy spricht Englisch zu mir. Wie fremd alles wird. Lesen so mühsam. Friedhof kein Sammelplatz für Chrisbäume schreibt Vrwaltung. Gut so. Glockengeleut. Sankt Joseph.

1 Randfigur

24. Dezembr – *feels laik 7°. Sunny. Halbelv bis tswai.* Suche Grahb mit Krippe. war doch eins! Feld geschränkt. Aine frag hilfe. gälb haar, türkhis mund, glaupes ginnt.

1 Eyljen

25. Detzember – *Laight rain schauers.* Di Schwahznüße, Augst, mus sie auswilden. Kannich schaiden, for, zurük, for, zurükk. Suche Vlächen, finde Nüße. Überl aingeklämt. Danwarnas donnich Laupsäuger.

1 Kärn zwischen Ästn felt drei
1 Kärn zwischen Ästn felt zeen
1 Kärn zwischen Ästn felt virzehn

26. Dez – *Partly claudy.* Schübpling zsamensunk. *In caiseovloss pliese.* Kuweraufanrichte. gräumt. waiß dass zait is.

ı abschübpling

27er – *Rain.* Wehgeschmatzn, Wassainrükkn, die Schpächte. Lich zwei! Zurükk.

28 – *Cloudy.* Das aichhörnn, Augus Inästen so sicher.

ı Zwaig

29 – Jatsunaige. wihschwärschaunis. Wasis

ı orginal

30. Detsember – *5 Grahd, Wolk.* Draußn Knallfrsche. Nihfihl ausslwester gmacht. *apvir zu.* Statradntschait. Tihre un Beume, August, geschüz. apstütz. vehrsicherung. bundte Vrau. Schähdl plazzt. Hand waiß mehr, Tühr geschafft. Wie licht Wohngis.

Slwestr – *prognohse sonnik.* Hohezeit, Gustl. ledzte schwaaznus zitronik. Inn fasrik, wiebast. wait mainmund, waich meinzung, tiefdierihf, am ende 1 fang, main ende, fang an. varbnfalln himmltrofft, kasskadnzait rotrotdiezweig arme wait, schneflokken waiß, zungenblau klettern lösentau, schauwassiss stilligen im baum, verstekktdasantlitzschaun, händeflügl, martinross pegasos.

Epilog

ERSTLAGEMELDUNG

Einsatzgrund:	Leblose Person auf Friedhof
Einsatzdatum:	01.01.2020
Einsatzzeit:	05:28 Uhr
Einsatzort:	Alter Nördlicher Friedhof Arcis- / Zieblandstraße
Funkstreifenbesatzung:	Luchter/POK*in und Mönnich/PK
Eingesetzte Kräfte:	Isar 1231 Kriminalwache
Miteingesetzte Kräfte:	Notarzteinsatzfahrzeug (NEF) Rettungswagen (RTW)
Anfahrt:	Inanspruchnahme von Sonder- und Wegerechten
Melder*in:	August Gemming

Eintreffsituation

Die Beamten fanden alle Pforten zum Alten Nördlichen Friedhof verschlossen. Von der Straße ließ sich keine Person ausmachen. Mittels Brecheisen verschafften sich die Einsatzkräfte Zutritt zum Gelände, da Melder*in die Person wie leblos beschrieb. In Nähe zur Ecke Arcisstraße / Zieblandstraße erkannten die Beamten eine auf dem Rücken liegende weibliche Person. Der Kopf zeigte in Richtung Westen, die Füße berührten die Mauer, die Arme lagen beidseits im Neunzig-Grad-Winkel zum Rumpf ausgestreckt. Auf der Brust der Person befand sich ein ledergebundenes Notizbuch. Weitere persönliche Gegenstände (Ausweisdokumente, Portemonnaie, Schlüssel, Handy) keine.

Getroffene Maßnahmen

Die Beamten näherten sich der Person. Auf Ansprache reagierte sie nicht. Lebenszeichen konnten nicht erkannt werden. Der gesetzte Schmerzreiz löste keine Reaktion aus. Unterzeichnender stellte fest, dass die Person erkaltet war und die Leichenstarre eingesetzt hatte. Auf Herzlungenwiederbelebung wurde daher verzichtet. Zur Bestätigung des Todes forderte Unterzeichnender einen Notarzt an. Dieser bescheinigte Tod mit unklarer Todesursache. Anschließend wurden Kriminalwache und Leichenschau angefordert. Das Notizbuch (Asservatennummer I/234/19 – Polizeiwache Schwabing Nord) wurde sichergestellt.

Eintreffen Kriminalwache

KHK*in Mayr und KOK Frohne trafen um 06:30 Uhr ein. Die Veränderungen am Ort wurden berichtet, das Übergabeprotokoll zur Leichensache ausgehändigt. Die Kriminalwache übernahm den Tatort.

Melder*in

Die Person auf dem Friedhof wurde von einem gewissen August Gemming gemeldet. Die gemachten Angaben glich die Leitstelle mit dem Register des Einwohnermeldeamtes ab. Dabei stellt sich heraus, dass unter der angegebenen Adresse keine Person dieses Namens verzeichnet wird. Die weitere Recherche ergab, dass ein August Gemming (1837–1893) in der Bayerischen Armee gedient habe. Seine Gebeine wurden auf dem Alten Nördlichen Friedhof, in der Nähe des Fundorts der leblosen Person, beigesetzt.

Die Beamten suchten die vom Melder angeführte Adresse auf. Dort lebt Frau Johanna Moosberger (93, verwitwet). Frau Moosberger gab an, keinen August Gemming zu kennen. Sie könne ausschließen, dass jemand dieses Namens in ihrem Haus gewohnt habe, es befinde sich seit Generationen im Besitz der Familie. Nach Auffälligkeiten befragt, gab sie an, sie habe in der vergangenen Nacht wegen der Feuerwerkskörper nicht schlafen können. Gegen 02:15 Uhr sei sie aufgestanden, um sich einen Tee zu kochen. Aus ihrem Küchenfenster habe sie einen guten Blick auf die Straße und einen Teil des Friedhofs. Da sie häufig aus dem Fenster schaue, seien ihr etliche Spaziergänger bekannt, besonders die, welche regelmäßig Hunde Gassi führten und sich früher oder später unterm Licht der Straßenlaternen aufhielten. In der letzten Nacht sei ihr eine Person aufgefallen, die sie nie zuvor gesehen habe.

Zeugin Moosberger beschrieb diese als weder eindeutig männlich noch weiblich, jedoch als überdurchschnittlich große (circa 1,90 cm) und sehr schlanke Gestalt mit etwa schulterlang gewelltem schwarzem Haar. Die Kleidung gab sie wie folgt an: Dunkle Stumpfhosen, mitternachtblauer Umhang, paillettenbesetzt, golddurchwirkt, Typ Poncho, überknielang. Die Person habe eine Art Rucksack umgehabt, rückseitig habe er sich unter dem Poncho ausgewölbt. Besonders merkwürdig sei der Zeugin vorgekommen, dass die Person, unzweckmäßig für die Jahreszeit, an den Füßen Pantoffeln getragen habe. Zudem sei sie vom Friedhof gekommen, der keine befestigten Wege habe, begleitet von einem ebenfalls sehr schlanken, hellgrauen oder beigen Hund, vermutlich ein Whippet (Zeugin: „Solche, die bei Wettrennen falschen Hasen nachjagen.“). Eigentlich seien Hunde auf dem Alten Nördlichen verboten. Wahrscheinlich hätten sich die beiden deshalb schnell über die Zieblandstraße in Richtung Osten entfernt. Von hier gewesen seien die nicht.

Gez.
Peter Mönnich/PK

Anlagen
Skizze Fundort
Übergabeprotokoll (Leichensache) an K-Wache
Lichtbildmappe
Sicherstellungsprotokoll

Meinen Schwestern Astrid Jonas und Marion Dahlmann
in Erinnerung an unsere verstorbenen Eltern.

Danksagung, enumerativ

1 Bayerische Akademie des Schreibens

6 Tage Nature Writing, langzeitwirkend

Katrin Lange, Patricia Preuß, Meike Rötzer, Andreas Weber, Wilhelm Bode, Sabine Scho, Cord Riechelmann, Miek Zwamborn, Walter Zimmermann, Mara-Daria Cojocaru, Kathrin Heckmann, Sophia Klink, Carsten Kluth, Linn Penelope Micklitz, Christian Lorenz Müller, Roland Rödermund, Erik Wunderlich

1 SITSPOT

x Tiere, Pflanzen, Steine

2 Grabmale, bezüglich; von vielen

1 Inspiration – Wir sehen uns am Ende der Welt von Miek Zwamborn

1 Was-wäre-wenn?

1 geteilter Krankheitsverlauf – Eva Düllmann (Michael Spanel †)

14 Archive, Bibliotheken, Museen

1 gutes Dutzend Aha

Martina Haggenmüller & Team, Birgit Kroder-Gumann, Ina Schönwald, Michael Stephan & Team, Manuela Strunz, Florian Schwemin, Karl Stankiewitz

2 Apps, 1 Smartphone, alt, 1 Tablet, dahinsiechend

3 HighTechs – Stephen Hollywood, Alexander Koleski, Christian Vogg

2 Ersthörerinnen, schöngeistig –
Anke Heimann, Andrea Pischl

1 Romanwerkstatt –
Christina Madenach, Fabian Widerna

2 Lese-Richtfeste – 1 MLb, 1 LIX

27 [Fern-]Beisitzer & Geschworene (parteiisch)

Andrea Aeby, Herbert Bisges, Sabine Bissinger, Vera Busse, Doris Behr, Wolfram Ebinger, Shirley English, Anke Feles, Barbara Füßinger, Magda und Franziska Gaese, Harriet Grisson, Eugen L. Gross, Antje Hartmann, Gabi Kleineidam, Günther Knust, Karl Lehermann, Meike Leopold, Javier Pérez Iglesias, Thomas Röhner, Oliver Sill, Burga Simon, Jan Piet Stempels, Kirsten Stiller, Margot Weber, Ruth Weitzel, Oana Varga

1 wohlmeinende Skeptikerin – Eva Grabow (†)

1 freundlicher Helfer – POK Marcel Wessel

1 Stiftung Kunst und Natur

4 Tage Nature Writing, virtuell, pandemieresistent
& [x Tage] vive-kontrovers [ff]

Annette Kinitz, Norbert Fischer, Marc Cocker, Jürgen Goldstein, Jan Wagner, [ff Jutta Person, Peter Hermann Braun, Stephanie von Aretin, Melina Cenicero, Heiko Fischer, Suzanne Fischer, Sophia Klink, Regina Kuntz, Gerhard Richter, Wolfgang Scherreiks, Gesa Schröder, Tina Schulz, Suzanne Stephan]

1 Felix Austria! *Gesund-schreiben*-2021-Jury

Edith-Ulla Gasser, Paulus Hochgatterer, Anita Luttenberger, Andreas Schindl, Daniela Strigl
Et in Austria ego [sagt der Tod]

1 ORF-Kultursonntag –
Edith-Ulla Gasser #wortkultur #neuestimmen

2 Vortragende, unerreicht –
Silvia Meisterle, Michael Dangl

1 Jurorin-Lektorin-Furorin – Anita Luttenberger

1 Lektor, kundig von Eigensinn bis Pokémon –
Paul Haberfellner

1 Verleger, mutig, machend, mutmachend –
Bernhard Borovansky

2 Unerwähnt, mitgemeint

1 Publikum: immer weiter (über den Tag hinaus)

Ausgewählte Quellen zur Sepulkralkultur

Philippe Ariès: Studien zur Geschichte des Todes im Abendland, München 1976

Christoph Daxelmüller: Der Gute Ort. Jüdische Friedhöfe in Bayern. Augsburg 2009 (= Hefte zur Bayerischen Geschichte und Kultur 39, Hrsg. vom Haus der Bayerischen Geschichte)

Norbert Fischer: Vom Gottesacker zum Krematorium. Eine Sozialgeschichte der Friedhöfe in Deutschland seit dem 18. Jahrhundert. Köln, Weimar, Wien 1996

Petra Gehring: Theorien des Todes zur Einführung, Hamburg 2010

Thomas H. Macho: Todesmetaphern. Zur Logik der Grenzerfahrung, Frankfurt a. M. 1987

Museum für Sepulkralkultur, Kassel: www.sepulkralmuseum.de, dort auch die Schriftenreihe *Transmortale* und die Zeitschrift *Friedhof und Denkmal*

Nationalkomitee der Bundesrepublik Deutschland (Hrsg.): Jüdische Friedhöfe und Bestattungskultur in Europa. Internationale Fachtagung Berlin-Weißensee, 3.–6. April 2011 in Zusammenarbeit mit dem Landesdenkmalamt Berlin, der Jüdischen Gemeinde zu Berlin et. al. (= ICOMOS 53, 2011)

Moritz Riesewieck, Hans Block: Die digitale Seele. Unsterblich werden im Zeitalter Künstlicher Intelligenz, München 2020

Armin Nassehi, Georg Weber: Tod, Modernität und Gesellschaft: Entwurf einer Theorie der Todesverdrängung. Opladen 1989

Rainer Sörries: Ruhe sanft. Kulturgeschichte des Friedhofs, Kevelaer 2009

Frank Thieme: Sterben und Tod in Deutschland. Eine Einführung in die Thanatosoziologie, unter Mitarbeit von Julia Jäger, Wiesbaden 2019

Elfi Zuber: Der Alte Nördliche Friedhof. Ein Kapitel Münchner Kulturgeschichte, München, 2., überarb. Auflage 1984